KB043430

EVERYDAY HERO

에브리데이 히어로

아스퍼거 소녀, 일상의 영웅이 되다

캐슬린 체리 글
윤경선 옮김

한울림스페셜

남들과 다르다고 느껴 본 적 있는 모든 아이들에게.

우리의 다름은 서로를 특별하게 만들고 놀라운 힘을 준답니다.

차례

1 2 3 4 5 6 7 8 9 10 11 12 13

하나

만약에 엄마가 '샌드위치'가 되기로 마음먹지 않았더라면, 내가 1월에 방과 후에 남는 벌을 아홉 번 받는 일은 없었을 것이다.

만약 그랬다면, 나는 메건을 만나지 못했을 것이다.

메건이 없었다면 나는 영웅이 되지 못했을 것이다.

좀 더 설명을 하자면, 아빠는 엄마가 '샌드위치 세대'라고 말했다. '세대'라는 말은 '대략 30년 정도의 기간 동안 같은 시기에 태어나 살고 있는 사람들'을 뜻한다. '샌드위치'는 두 장의 빵 사이에 고기나 생선, 치즈, 땅콩버터 같은 속 재료를 넣은 음식이다.

나는 단어의 뜻을 정확하게 말하기를 좋아한다. 한 번은 웹스터 뉴월드 사전을 통째로 외우려고 한 적도 있다. 그러다 '광물화하다(mineralize)'에서 포기했다.

나는 아빠에게 그 뜻을 물었다. '광물화하다'의 뜻 말고, 엄마가 '샌드위치가 된다'는 말의 뜻을 물었다. 아빠는 엄마가 자식인 나도 돌보고 할아버지, 할머니도 돌봐야 하기 때문이라고 말했다. 나와 할아버지, 할머니가 빵이라면, 엄마는 샌드위치 속인 셈이다.

엄밀히 말하자면, 나는 어린이가 아니다. 이 글을 쓰고 있는 시점(오늘은 4월 23일이다)에 내 나이는 열다섯 살이다. 그러니까 나는 십 대 청소년이다.

이것 말고도 나에 대해 알려 줄 것이 있다. 나는 아스퍼거 증후군이 있다. 그래서 나를 돌보는 일은 일반적인 십 대 청소년을 돌보는 일보다 더 어렵다. 아스퍼거 증후군은 자폐 스펙트럼의 범주에 들어가지만, 자폐증이 있는 사람들보다 대개 기능이 나은 편이다.

1월 2일 오후 7시 37분, 아빠와 나는 키티마트에 도착했다. 아빠가 새 직장을 구해서 밴쿠버에서 이사 왔다. 엄마는 혼자 밴쿠버에 남았다. 이사 오기 직전에 할머니가 뇌졸중으로 쓰러지는 바람에 할아버지와 할머니를 돌봐 드려야 했다. 그때 아빠는 '하필이면…'이라고 말했다.

1월 4일, 나는 키티마트에 있는 마운트 엘리자베스 중학교에 다니기 시작했다.

1월 6일, 처음 방과 후에 남는 벌을 받았다. 학교 건물 북쪽 끝에 있는 계단에 앉아 있었다는 게 이유였다. 나는 계단을 좋아한다. 계단에 앉아 있는 건 규칙 위반이 아니다.

단, 그때가 체육 수업 시간이었다는 것만 빼면.

그날 131호 교실에는 딱 세 명이 있었다. 로렌스 선생님, 메건, 그리고 나. 메건은 검은 옷을 입고 교실 뒤쪽 창가로부터 두 번째 자리에 앉아 있었다.

그 여자아이가 메건인 줄 안 이유는 로렌스 선생님이 그 애를 보더니 "또 왔니, 메건?"이라고 말하고 나서 "에휴" 하고 크게 한숨을 쉬었기 때문이다.

그 뒤로 누구도 말을 하지 않았다.

나는 아무 말도 하지 않았다. 메건도 말을 하지 않았다. 로렌스 선생님도 말이 없었다. 앞으로도 학교 수업 대신에 방과 후에 남는 벌을 받으면 좋겠다고 생각했다.

★

나는 성적이 좋은 편이다. 수학과 과학을 가장 좋아하고, 영어와 사회도 좋아한다. 글도 잘 쓴다. 특수교육 담당 선생님이 말씀하시길, 아스퍼거 증후군이 있는 사람들은 작가가 되기도 한단다. 제임스 조이스, 루이스 캐럴, 조지 오웰이 자폐증이었다는 이야기도 있다.

하지만 말하는 건 잘 못한다. 하고 싶은 말이 분명히 있는데 수천 마디의 말이 피라미 떼처럼 머릿속에 넘쳐흘러서 어떤 말을 해야 할지 모르겠다.

이건 내가 수업 시간에 대체로 조용하다는 뜻이다.

언젠가 한 번 아빠가 나에게 아스퍼거 증후군이 있는 학생은 수업 태도가 좋다고 말했다. 맞는 말일지도 모른다. 단, 내가 머리를 세게 찧어대지만 않는다면. 예전 학교에 다닐 때는 게양대 주위를 뱅뱅 돌기도 했다. 또 구석에 몸을 웅크리고 벽에다 머리를 쾅쾅 박는 일도 많았다.

내가 아스퍼거 증후군이 있다고 해서 '431 나누기 92 곱하기 5' 같은 계산을 암산으로 풀 수 있는 건 아니다. 정답은 23.423913043478260869565217391304이다(나도 계산기를 써서 알았다). 이런 걸 할 수 있는 사람들은 '서번트 증후군'이라고 불린다. 나는 서번트 증후군이 아니다.

1월 8일, 두 번째로 방과 후에 남는 벌을 받았다. 탈의실에서 뛰쳐나가 체육 수업이 시작돼도 돌아오지 않았기 때문이다. 탈의실에서 냄새가 너무 많이 났다. 축축한 양말, 땀, 데오드란트, 헤어젤과 헤어스프레이, 향수, 손 소독제, 로션, 선크림에 섬유탈취제 냄새까지.

나는 냄새가 싫다. 냄새를 맡으면 허물을 벗기듯 살갗을 떼어 내고 싶다. 머리를 세게 박거나 구석에 가서 웅크리고 싶다.

그래서 탈의실에서 뛰쳐나갔다. 초등학교에서는 이런

행동이 규칙 위반은 아니었는데, 중학교에서는 달랐다.

나로서는 탈의실에 있는 것보다는 방과 후에 남아 벌을 받는 편이 더 나았다. 그래서 131호 교실에 다시 불려 가도 속상하지 않았다.

로렌스 선생님이 책상에 앉아 있었다. 선생님은 꽃무늬 티셔츠를 입고 있었다.

"또 왔니?"

미처 대답하기도 전에 묵직한 발걸음 소리가 쿵, 쿵, 쿵 하고 박자를 맞추며 다가왔다.

"쟤, 또 오네."

로렌스 선생님이 교실 문을 쳐다보며 중얼거렸다.

메건은 키가 컸다. 굽이 높은 까만 부츠를 신고, 은색 해골이 그려진 까만 티셔츠 위에 청재킷을 입고, 금속 체인을 목과 손목, 허리에 둘렀다. 까맣고 긴 머리에 보라색으로 염색한 머리카락이 드문 드문 보였고, 아랫입술에는 은색 고리가 달려 있었다.

메건이 들어서자 교실 안의 물건이 작아 보였다.

로렌스 선생님이 두 손으로 희끗희끗하고 짧은 머리카

락을 쓸어 넘겼다.

"이번엔 얼마나 있어야 하니, 메건?"

"몰라요. 베일스가 보냈어요."

"명단에는 네 이름이 없는데. 베일스 '선생님'이 잊으신 모양이구나. '선생님'한테 가서 물어봐야겠다."

로렌스 선생님은 '선생님'이라는 호칭을 강조했다.

"뭐, 그러시든가요."

메건은 상관없다는 듯 어깨를 으쓱하더니 체인을 찰랑거리며 내 앞으로 다가왔다.

나는 관찰력이 뛰어나다. 때로는 그게 문제가 된다. 아주 사소한 색깔, 소리, 냄새, 소음에도 아주 민감하다.

또 한 가지에 집중하지 못하고 주의가 분산된다. 나는 메건의 청재킷 왼쪽 소매에 빨간 볼펜으로 그려 놓은 해골을 발견하는 동시에 메건의 왼쪽 눈 아래에 멍이 들고 셔츠 한 쪽이 찢긴 것에 시선을 빼앗겼고 또 동시에 왼손에 은반지를 네 개나 끼고 있다는 걸 알아차렸다. 오른손은 보이지 않았다.

"뭘 그렇게 쳐다봐?"

메건이 물었다. 마치 단어가 한꺼번에 쏟아져 나오는 것처럼 "뭐글케쳐다바?" 하는 소리로 들렸다.

"너."

한 가지 더 말해 둘 게 있다. 나는 거짓말을 못 한다. 거짓말하는 게 싫어서가 아니라 그냥 잘 못 한다.

메건이 몸을 숙여 나를 내려다보며 말했다.

"애송이 따위가 날 쳐다보는 건 싫은데."

이 말은 제대로 알아들었다. 나도 사람들이 나를 쳐다보는 건 싫다.

"그리고 여긴 내 자리야."

메건은 자기 얼굴을 내 쪽으로 바짝 들이밀었다.

내뱉는 숨결에서 아무 냄새도 나지 않았다.

나는 책상 위를 보며 메건의 이름표가 있는지 찾아보았다. 작년에 다녔던 학교에서는 각자 이름을 쓴 노란색 카드를 코팅해서 자기 책상 모서리에 붙였다.

131호 교실에서는 노란 카드가 하나도 보이지 않았다.

"뭐 하는 거냐?"

메건의 말소리가 또 뭉개지듯 들렸다.

"네 이름이 적힌 노란 카드를 찾고 있어."

"지금 나 웃기려는 거냐?"

메건이 내 쪽으로 더 바싹 다가서며 책상을 쥐었다. 까만 매니큐어를 바른 손톱 끝이 깨져 있었다.

"아니야."

한 가지 더. 나는 농담을 못 알아듣는다. 그래서 절대로 남을 웃기려 들지 않는다.

"나한테 시비 거니?"

"아니야."

메건이 동그랗게 주먹을 쥐어 보였다. 그제야 메건의 오른손을 볼 수 있었다. 오른손 엄지손가락에 낀 해골 모양 반지가 눈에 들어왔다.

고개를 들어 메건이 어떤 표정인지 알아보려고 했다. 하지만 난 표정을 잘 읽지 못한다. 작년에 담임선생님이 표정 차트를 주었는데도 잘 모르겠다.

"그럼 나한테 신경 꺼!"

그런 다음 메건은 로렌스 선생님이 돌아오기를 기다리지도 않고 묵직한 발걸음 소리를 내며 그대로 교실을 나가 버렸다.

그래서 책장에 꽂힌 사전을 세었다. 열다섯이다. 나는 3의 배수를 좋아한다. 수를 세는 것도 좋아한다.

사전을 세 번 더 세고 난 뒤에야 로렌스 선생님이 돌아왔다.

"아직도 있었니?"

선생님이 눈썹을 치켜올리자 앞머리 속으로 눈썹이 사라졌다.

"미안하다. 여학생 샤워실에 처리해야 할 문제가 생겨서 그걸 처리하느라고 좀 늦었어. 아무튼 이제 가도 좋아. 음…, 네 이름이…."

선생님은 벌칙자 명단을 들여다보며 말했다.

"앨리스."

나는 일어서서 가방을 어깨에 둘러멨다. 가방이 척추에 부딪쳐 퍽 소리가 났다.

복도는 조용하고 어스름했다. 현관 입구에만 네모난 불빛이 환하게 들어오고 있었다.

교문 밖으로 나서니 오후인데도 북쪽 해변 도로가 눅

눅하고 짙은 잿빛을 띠고 있었다. 가로등이 주차장을 비추고, 자동차 후미등 두 개가 빨간빛을 뿜으며 모퉁이를 돌아 큰 길로 빠져 나가고 있었다.

처음에는 어찌된 영문인지 몰랐다. 왜 주차장이 텅 비어 있는지 궁금하지도 않았다. 그러다 문득 저녁이 되어서 날이 어두워졌다는 걸 깨달았다.

갑자기 겨드랑이에서 진땀이 나기 시작했다. 목구멍이 조여들고 숨이 가빠 왔다. 목구멍 뒤쪽에서 구토가 올라왔다. 나는 구토가 싫다. 냄새도, 맛도, 질감도.

발꿈치로 바닥을 탁탁 쳤다. 하나, 둘, 셋…. 계속 중얼거렸다. 이럴 때는 수를 세면 좀 진정이 된다.

"어머, 세상에! 너 지금 혼자 얘기하니?"

메건이 학교 담장에 기대어 서서 껌을 씹고 있었다.

대답하지 않았다. 나는 누가 질문하는 게 싫으니까.

"뭐야, 이젠 귀도 안 들려?"

나는 고개를 저었다.

"들리는구나? 그럼 말은 할 수 있겠어?"

나는 교직원 주차장에 아직 남아 있는 차를 세었다.

아홉이다. 좋다.

“여기엔 언제 왔어?”

나는 시계를 보고 나서 대답했다.

“4분 전에.”

메건이 크게 웃었다.

“하! 너, 진짜 별종이구나!”

다시 차를 세었다. 9는 좋은 숫자다. 3의 배수니까.

이번에는 차 아홉 대를 아홉 번 세었다. 아홉 대씩 아홉 번이면 여든 하나다.

버스 한 대가 도착했다. 헤드라이트에 눈이 부셔 나는 눈을 찡그렸다. 버스가 끼익 하고 브레이크 소리를 내며 멈췄다. 문이 열리고, 실내등의 노란 불빛이 밖으로 새어 나왔다. 앞 유리 창틀 위에는 ‘시내 방면’이라고 쓰인 표지판이 있었다.

그래서 그 버스는 내가 탈 버스가 아니라고 생각했다. 나는 방과 후에 운행하는 버스를 타야 하는데, 그 버스에는 늘 ‘방과 후 임시 버스’라는 표지판이 있었다.

메건이 나를 밀치고 버스에 올랐다.

"안 탈 거니?"

운전석에서 버스 기사가 앞으로 몸을 빼며 물었다.

나는 낯선 사람과 이야기하면 안 된다. 이건 규칙이다. 그리고 나는 규칙을 좋아한다.

"무슨 버스 기다리니?"

대답하지 않았다. 버스 기사는 낯선 사람이니까. 그리고 낯선 사람과는 말하지 않기로 했으니까.

"방과 후 임시 버스를 놓쳤다면, 이 버스도 노선이 같으니 어서 타거라. 원한다면 표지판을 바꿔 주마."

버스 기사가 일어나서 운전대 너머로 손을 쭉 뻗더니 동그란 은색 손잡이를 잡았다.

손잡이를 돌리자 끽끽 소리가 났다. 버스 기사의 겨드랑이에 땀자국이 나 있었다. 나는 땀을 좋아하지 않는다. 끽끽 소리도 좋아하지 않는다.

그러다 버스 표지판에서 '시내 방면'이라는 글자가 사라졌다.

그 순간 버스며, 도로며, 끽끽 하는 소리며, 불빛이며, 메건이 했던 질문들까지 한꺼번에 나를 엄습했다. 들리는 소리란 소리는 죄다 너무 크게 들렸고, 눈에 들어오는 빛은 너무 밝았다. 숨을 곳을 찾아야 했다. 구석에 웅크리고 머리를 쿵, 쿵, 쿵 찧고 싶었다.

그래서 뛰었다.

학교 건물 옆 비탈길을 달려 내려갔다. 풀이 잔뜩 뒤덮여 있어 발밑이 미끄러웠다. 우드 칩이 깔린 폭신한 운동장 트랙을 가로질러 축축한 학교 잔디밭을 철벅철벅 밟으며 달렸다.

학교 밖 울타리에 심은 상록수 나뭇가지에 부딪쳐 따가운 이파리에 긁히고 나서야 달리기를 멈추었다. 티셔츠가 땀에 흠뻑 젖어 있었다. 땀내가 진동을 했다. 나는 필사적으로 배낭을 벗어 바닥에 던졌다. 재킷을 벗고 후드티를 벗어 던진 다음 그대로 풀밭에 털썩 드러누웠다. 축축하고 차가운 기운이 살갗에 와 닿았다. 공기에서는 이끼 낀 눅눅한 삼나무 껍질 냄새가 났다.

숨을 들이마셔 배에 공기를 가득 채우고 눈을 질끈 감았다. 천둥처럼 쿵쾅대는 심장박동 수를 세었다. 그리고 다시 숨을 내쉬었다.

★

눈을 뜨니 하늘이 별 무늬가 있는 까만 담요로 변해 있었다. 처음엔 어둠 속에 누워 별을 세는 게 좋았지만, 시간이 조금 지나자 이가 딱딱 부딪히기 시작했다.

나는 자리에서 일어나 후드티를 입고 재킷을 걸쳤다. 그런 다음 무엇을 해야 할까 생각했다. 길을 잃으면 핸드폰으로 아빠에게 전화를 해야 한다. 비상시에는 그렇게 하기로 되어 있다. 그런데 지금은 길을 잃은 게 아니다. 내가 마운트 엘리자베스 중학교 운동장 북쪽 끝에 앉아 있다는 사실을 알고 있으니까.

문득 '길을 잃다'에는 '집으로 가는 길을 찾지 못하는 상태'라는 뜻도 있다는 게 기억났다. 집으로 가는 길을 모르니 나는 지금 길을 잃은 셈이다. 그래서 아빠에게 전화를 했다.

아빠는 근무시간 중간에 나를 데리러 왔다. 아빠가 '중간'이라고 말했지만, 엄밀히 따지자면 그렇지 않다. 아빠의 근무시간은 오전 8시부터 오후 8시까지이고, 전화할 때 내 시계가 가리킨 시각은 오후 6시였으므로, 정확히 말하면 근무시간의 6분의 5를 채우고 나왔다.

아빠는 수동변속기가 달리고 서스펜션이 삐걱대는, 문 두 개짜리 1995년형 파란색 포드 익스플로러를 몰았다. 시끄럽게 털털거리는 자동차 소리가 들리고 나서 헤드라이트 불빛 한 쌍이 반짝였다.

차에 올라타자 아빠가 일하는 알루미늄 제련소 냄새가 차 안에 가득했다. 화학약품 냄새와 열기, 먼지와 땀 냄새가 뒤섞여 있었다.

"자, 여기!"

아빠가 조수석 서랍을 한 손으로 열어 종이 마스크를 꺼냈다. 병원에서 의사와 간호사들이 쓰는 마스크다. 나는 얼굴에 마스크를 썼다. 좀 간지럽기는 해도 다른 냄새들은 막아 줘서 종이에 붙은 먼지 냄새만 났다.

"근무시간을 너무 많이 날렸어. 제발! 다시는 이런 일 없도록 해라. 알겠니?"

아빠가 액셀을 밟고 기어를 바꾸며 말했다.

나는 '날린다'라는 말은 공기를 세게 흘려보낸다는 뜻

이라고 아빠에게 설명했다.

"일하다 중간에 나왔을 때 그 말을 쓰기도 해."

아빠가 중얼거렸다.

이번에는 오후 6시면 근무시간의 '중간'이 아니라고 설명했다. 마침 우리 차가 여섯 번째 가로등 불빛 아래를 지나고 있어서 아빠 뺨이 심하게 씰룩거리는 게 보였다.

"앞으로는 그냥 그 버스 타!"

집에 도착한 뒤, 아빠가 왜 재킷이 축축하고 진흙투성이냐고 물었다. 나는 들판에서 굴렀다고 말했다.

"아니, 왜?"

나는 어깨를 으쓱했다. 어떻게 설명해야 할지 마땅한 말이 떠오르지 않았다. 설명하기도 어렵고 또….

조금씩 내 몸이 휘청거리며 앞뒤로 흔들리고 있었다.

"어이쿠, 됐다. 대답 안 해도 돼. 나는 가서 네 옷이나 좀 빨아야겠다."

아빠가 아래층으로 내려가 샤워를 했다. 내가 제련소 냄새와 열기 냄새, 땀 냄새, 화학약품 냄새를 싫어하기 때문이다. 그러고 나서 저녁 식사를 준비했다. 아빠는 나에게 음식을 만들어 주는 게 어렵다고 말했다. 음식은 거의 다 냄새가 나는데, 내가 냄새나는 음식을 싫어하기 때문이란다. 나는 생선, 양파, 달걀, 콜리플라워, 베이컨 등을 먹지 못한다. 아빠가 마카로니를 삶아서 아무 양념도 하지 않고 주었다. 나는 아무 양념 없는 마카로니가 좋다.

저녁을 먹은 뒤, 가로 3미터, 세로 3.6미터인 내 방으로 올라갔다. 그리고 여섯 살 생일 선물로 받은 오르골 상자를 꺼냈다. 하얀 상자 겉면에는 분홍색과 파란색 꽃이 그려져 있고, 뚜껑을 열면 상자 안쪽에 분홍색 벨벳 천이 덧대어 있고 발레리나 인형 세 개가 들어 있다. 태엽을 감으면 베토벤이 작곡한 '엘리제를 위하여'가 흘러나온다. 베토벤도 아스퍼거 증후군이었을지 모른다.

빙글빙글 발레리나 인형이 돌고 또 돌았다. 나는 가끔 그 횟수를 세어 보곤 한다.

12분 동안 발레리나들이 춤추는 모습을 보고 나서 아빠 컴퓨터로(내 컴퓨터가 따로 없고, 내 이메일 주소도 없기 때문에) 엄마에게 이메일을 보냈다. 방과 후 버스 이야기를 썼다. 버스가 이름을 바꿀 수 있는지 꿈에도 몰랐다고, 그래서 예전에 갔던 하와이 해변에 있는 것 같았다고 썼다. 그때 나는 발밑에 있던 모래가 바닷물에 쓸려 가자 땅이 꺼지는 줄 알고 비명을 질렀었다.

전에도 말했지만, 나는 말보다 글을 더 잘 쓴다.

곧 답장이 왔다. 엄마가 왜 방과 후에 남는 벌을 받았냐고 물었다. 나는 탈의실 냄새와 철컹대는 사물함 소리 때문에 체육 수업에 들어가지 않았다고 썼다.

또 답장이 왔다. 이번에는 아빠가 내 아스퍼거 증후군에 대해 아직 학교에 알리지 않았냐고 물었다.

나는 잘 모르겠다고 써서 보냈다.

잠시 후 엄마가 아빠에게 전화를 걸었다. 그게 엄마 전화인지 어떻게 알았냐면, 아빠가 '리사'라고, 엄마 이름을 여러 번 불렀기 때문이다. 아빠가 고함치기 시작했다. 사람들은 화나거나, 위급한 상황이거나, 하키 경기를 볼 때 고함을 친다.

지금은 위급한 상황이 아니다. 하키 경기도 없다.

"안 돼!"

아빠 목소리가 너무 커서 내 방까지 들렸다.

"안 된다고, 리사! 나랑 앨리스는 잘 해 나가고 있어. 그러니까 당신은 장인, 장모님을 잘 챙겨 드려. 앨리스는 예전과 다르게 키울 거야. 내 방식대로 하게 놔둬. 다른 평범한 아이들처럼 지내게 해 주자고!"

나는 침대에 걸터앉아 듣고 있다가 빨간 가죽 표지로 된 웹스터 뉴월드 사전을 꺼내 '평범(normal)'이 무슨 뜻인지 찾아보았다. 전에 외우다 만 '광물화하다(mineralize)' 다음에 나오는 단어여서 정확한 뜻을 알려면 사전을 찾아봐야 했다.

평범 유형, 외모, 성취, 기능, 발달 등이 평균

나는 아빠가 왜 유형, 외모, 성취, 기능, 발달 등에서 내가 평균이 되기를 바라는지 궁금했다.

평균 여러 사물의 질이나 양 따위를 고르게 한 것

머릿속이 더 복잡해졌다. 나는 혼란스러우면 몸을 흔들고 머리를 쮱고 싶어진다.

오르골 상자를 열어 발레리나 셋이 빙글빙글 도는 모습을 지켜보았다. 발레리나들이 돌고 또 돌았다. 아무리 세어도 끝이 없는 수처럼.

1 **2** 3 4 5 6 7 8 9 10 11 12 13

나는 거짓말하는 게 두렵다.

해 보려고도 했는데 마치 눈앞에 나무를 두고 집이나 배, 혹은 원숭이를 보려고 하는 것 같았다. 게다가 일단 한 번 나무를 나무가 아니라고 하고 나면 그 다음부터는 뭐든 거짓말을 할 수 있게 된다. 나무는 고래나 사자, 열기구, 탱크, 총을 든 군인 등 무엇이든 될 수 있다.

나는 소설책을 보는 척하며 과연 내가 거짓말을 해서 체육 수업을 빼먹을 수 있을까 고민해 보았다. 엠마처럼 아프다고 할까? 엠마는 전에 다녔던 학교 학생인데, 체육 시간을 무척 싫어했다.

그때 누가 내 몸에 손을 댔다. 나는 깜짝 놀라 책에서 눈을 떼고 고개를 홱 돌렸다.

나는 누가 날 만지는 게 싫다.

돌아보니, 옆줄에 앉은 남자아이가 손에 쪽지를 들고 목에 경련이 일어난 것처럼 고갯짓을 까딱하며 내 뒤에 앉은 여자아이를 가리켰다.

남자아이는 껌을 씹고 있었다. 스피어민트 껌이다. 껌을 질겅거리는 입에서 규칙적으로 짝짝 소리가 났다. 쪽지를 받아 보니 겉에 '타라'라고 휘갈겨 쓴 이름이 보였다.

"앨리스! 그 쪽지, 네가 썼니?"

버지스 선생님이 물었다. 버지스 선생님은 영어 교사인데 수업 시간에 핸드폰을 절대 쓰지 못하게 한다. 선생님이 내 자리를 향해 걸어오며 미소를 지었다. 미소는 행복하거나, 기쁘거나, 신난다는 뜻이다. 나는 왜 선생님이 행복하거나, 기쁘거나, 신나는지 궁금했다.

"대답하렴. 그 쪽지 네가 썼니?"

선생님이 손톱으로 내 책상을 톡톡 다섯 번 두드렸다. 나는 고개를 저었다.

"그럼 누구니?"

"쟤요."

그 남자아이가 눈썹을 치켜뜨며 어떤 몸짓을 했는데, 그건 설명할 수 없다. 규칙을 위반한 행동이니까. 또 그 아이는 욕설도 내뱉었는데, 그것도 말할 수 없다. 욕도 규칙 위반이니까.

버지스 선생님은 얼굴이 빨개졌다. 온통 빨개진 게 아니라, 입가는 하얗고 뺨과 목은 빨개져서 얼굴이 얼룩덜룩해 보였다.

"내 수업 시간에는 그런 말을 쓸 수 없어!"

선생님은 남자아이에게 교장실로 따라오라고 말했다. 두 사람은 교실을 나갔다. 또각또각…, 선생님의 하이힐 굽 소리가 멀어져 가고, 쿵쿵 하는 남자아이의 발소리가 그 뒤를 이었다.

"이 쥐새끼가!"

내 뒷자리에 앉은 타라가 벌떡 일어서며 자기 책상으

로 내 책상을 쾅 밀쳤다.

나는 교실 바닥을 살펴보았다. 설치류는 무섭지 않다. 공수병에 걸리지만 않으면 사람을 물지 않으니까. 하지만 키우고 싶지는 않다. 우리에서 나는 냄새가 지독하니까.

누군가 웃었다.

"야, 쟤 뭐냐. 쥐 찾고 있나 봐! 바보 아냐?"

나는 그제야 알아차렸다. 타라가 관용어를 썼으며, '쥐새끼'는 나를 가리키는 말이라는 걸. '쥐새끼'라는 말은 권위 있는 위치에 있는 누군가에게 다른 사람의 잘못을 일러바치는 사람이라는 뜻이다.

나는 관용어가 싫다.

타라가 내 책상 앞으로 다가와 서더니 내 책상 위에 두 손을 얹고 나에게 바싹 다가왔다. 헤어스프레이 냄새와 향수 냄새가 났다.

"고자질하니까 고소하냐?"

"모르겠어."

이건 사실이다. 나는 '고소하다'는 말이 무슨 뜻인지 모르겠다. 가슴이 두근거렸다. 책상으로 시선을 떨구고

인조 목재에 새겨진 나뭇결을 세어 보려고 했다.

아무 소용없었다. 나뭇결이 구불거리는데다 서로 붙어 있기도 해서 세기가 어려웠다. 얼굴이 뜨거워지면서 끈적거렸다. 심장박동이 빨라지고 숨소리가 점점 거칠어졌다. 위가 딱딱한 공처럼 꽉 조여들었다.

지금 내가 몸을 흔들고 머리를 찧게 되면 아이들이 더 크게 웃을 것이다.

나는 허벅지를 움켜쥐고 꾹 눌렀다. 수를 세려고 안간힘을 썼다.

"너 지금 혼자 얘기하니? 정신병이야, 뭐야?"

타라는 내 바로 앞에 서 있으면서 큰 소리로 말했다.

"걔 건드리지 마라."

메건이었다. 나는 그때까지도 메건이 교실에 있는 줄 모르고 있었다.

순간 아이들이 조용해졌다.

"왜? 얜 고약한 고자질쟁이야!"

"그냥 내버려 두라고!"

메건이 손가락 관절을 꺾었다. 하나씩, 하나씩.

교실에 무거운 침묵이 흘렀다.

"나랑 해보자는 거야?"

"정 그러고 싶다면야."

메건이 자리에서 일어선 것 같았다. 의자 끌리는 소리가 나더니 벨트에 달린 체인이 찰랑대는 소리와 부츠 굽으로 쿵 하고 발 내딛는 소리가 들렸다. 고개를 들어 보니, 메긴이 내 쪽으로 다가오고 있었고, 타라는 내 책상에서 손을 떼고 자세를 잡고 있었다.

"쌈닭이 한 판 붙었다!"

누군가 소리쳤다. 이것도 관용어 같았다. 닭은 여기에 없다. 교장 선생님이 학교 건물 안으로 닭이나 고양이를 데려오는 걸 허락하실 리도 없었다.

종이 울렸다. 아무도 움직이지 않았다.

"어떡할래?"

메건이 묻자 타라가 자기 가방을 집어 휘둘렀다. 바람이 휙 지나갔다.

"뭐래니. 난 집에 갈 거야."

타라는 운동화를 찍찍 끌며 책상 사이를 지나 복도로

사라졌다. 문이 쾅 닫혔다.

아이들이 웃었다. 왜 그런지 모르겠다. 사람들은 농담을 듣거나, 광대를 보거나, 웃긴 영화를 보면 웃는데, 이 상황은 아무 데도 해당하지 않는다.

이제 모두가 부산스럽게 움직이며 떠들었다. 이리저리 오가는 발걸음 소리. 쿵 하고 책 내려놓는 소리. 의자 끄는 소리…. 나는 그대로 앉아 있었다. 선생님이 가라고 하기 전까지는 교실에 앉아 있는 게 규칙이고, 버지스 선생님은 아직 오지 않았다.

움직이고 싶은 마음도 없었다. 움직일 수 있는지도 모르겠다. 팔다리에 힘이 빠져 축 늘어졌다. 아직도 심장이 벌렁거리고 겨드랑이가 땀으로 끈적거렸다.

마침내 교실이 조용해지고, 누군가 천천히 다가오는 발자국 소리만 들렸다. 고개를 들어 보니, 메건이 나를 향해 다가오고 있었다.

"타라가 네 얼굴을 뭉개 놨을지도 몰라."

교실 밖 복도에서 아이들이 걷고 말하는 소리, 사물함 여닫는 소리가 작게 들려왔다. 누군가 내 책상에다 'JKR'

이라는 글자를 새겨 놓은 게 보였다.

"타라가 네 얼굴을 뭉개 놨을지도 모른다고!"

메건이 다시 말했다.

어떻게 사람 얼굴을 뭉개 놓지?, 하고 생각하며 나는 알파벳 J를 쳐다보았다. 글자 끝부분이 둥글지 않고 날카로운 각도로 꺾여 있었다. 손가락으로 문질러 보니 파인 홈이 꺼칠꺼칠했다.

"고맙다는 말도 안 하니?"

나는 아무 말도 하지 않았다.

"뭐, 싫음 말든가."

교실 문이 열렸다. 찬바람이 들어오면서 복도에서 나는 소리가 갑자기 커져서 보지 않아도 알 수 있었다.

"너희들 아직 안 갔니? 수업 끝났는데."

교장 선생님이었다.

"지금 나가요!"

이 말과 함께 메건은 교실을 떠났다. 교장 선생님의 발소리가 내 쪽으로 다가왔다. 리놀륨 바닥을 걸을 때마다 신발에서 끽끽 소리가 났다. 나는 책상 위에 새겨진 J를 빤히 쳐다보았다.

"너도 가야지."

교장 선생님이 내 쪽으로 몸을 숙이며 두 손으로 내 책상을 짚었다. JKR이라고 새겨진 글자가 교장 선생님 손에 가려졌다. 손톱을 바싹 자른 손가락이 뭉뚝하고, 마다마다 검은 털이 나 있었다. 교장 선생님이 내쉬는 숨에서 커피 냄새가 났다.

"얘, 너 괜찮니?"

교장 선생님이 손을 들어 내 어깨를 잡았다. 그러자 더 이상 견딜 수가 없었다. 교장님의 손길과 커피 냄새, 질겅대는 스피어민트 껌, 관용어와 쥐새끼, 버지스 선생님과 로렌스 선생님, 타라, 메건, 키티마트, 샌드위치가 된 엄마와 이름을 바꾸는 버스, 내가 유형, 외모, 성취, 기능, 발달 등에서 평균이기를 바라는 아빠까지… 전부 다.

숨을 쉴 수가 없었다. 침을 삼킬 수도, 제대로 볼 수도 없었다. 의자, 책상, 창문, 심지어 교장 선생님까지도 마구 튀어 오르고 홱홱 움직이며 빙빙 돌았다.

자리에서 일어섰다. 그러다가 허벅지를 세게 부딪친

모양이었다. 다음날 아침에 보니 커다랗고 푸르스름한 멍이 들어 있었다.

나는 교장 선생님을 지나 책상 사이를 달려 교실 문 밖으로 뛰쳐 나왔다.

복도는 상황이 더 나빴다. 산업 교육 시간에 녹인 금속 냄새와 요리 실습 시간에 태운 음식 냄새, 땀 냄새와 양말 냄새, 향수와 헤어스프레이 냄새가 가득했다. 사물함이 철컹대고, 방송 스피커가 지지직대고, 아이들이 웃고 떠들었다.

복도를 지날 수가 없었다. 두꺼운 외투에 가방까지 메고 있어 몸집이 거대해진 아이들이 복도를 가로막았다.

마치 장벽 같았다. 몸으로 만든 벽, 살로 만든 벽.

나는 뛰기 시작했다. 여길 빠져나가야 한다. 도망쳐야 한다. 정신 없이 아이들을 밀치며 달렸다. 흐릿해 보이는 얼굴들 사이를 누비며 차가운 바깥 공기를 맡을 때까지 멈추지 않았다.

계속 달렸다. 주차장 입구를 지나 풀이 무성한 비탈을 내달리고 우드 칩이 깔린 운동장 트랙을 가로질러 텅 빈 들판에 다다라서야 달리기를 멈췄다.

몸을 구부리고 숨을 헐떡였다. 가슴이 터질 듯 아팠다. 심장이 방망이질하고 눈이 따가웠다. 다리가 후들거려서 그만 털썩 주저앉고 말았다. 땅의 축축한 습기가 청바지에 배어들었다.

나는 공처럼 몸을 웅크리고 눈을 꽉 감았다. 아주 세게 꽉!

"네 가방 가져왔어."

메건의 목소리가 들리자 나는 몸을 더 웅크렸다. 이제 조금씩 주위에서 나는 소리가 들리기 시작했다. 멀리서 차들이 부릉대는 소리, 새 소리, 차 문 여닫는 소리….

눈을 뜨니 사방이 어둑어둑했다.

"곧 버스가 올 거야."

메건이 내 옆에 가방을 놓으며 말했다.

내가 몸을 일으켜 앉으며 물었다.

"그, 방과 후… 버스?"

"아니, 그 버스는 갔어. 네가 여기 한 시간 정도 있었거든. 지금 오는 버스는 시내 방면 버스야."

침을 삼키자 목구멍에서 꿀꺽 소리가 났다. 들판부터 젖은 도로까지 내가 달린 길을 돌아보았다. 자동차들이 늦은 오후의 어스름 속에서 기다랗게 빛을 내뿜으며 달리고 있었다.

메건이 풀밭 위로 앉으며 물었다. 목과 허리춤에 두른 체인이 챙그랑 소리를 냈다.

"너, 뭐 있니?"

"… 있냐고?"

'있다'라는 말은 가지거나 소유한다는 뜻이다.

"핸드폰이랑 메모장, 마스크, 연필 한 자루, 펜 두 자루, 공학 전자계산기, 수학 파일, 도시락 가방, 버스 카드, 그리고 비상금 20달러를 가지고 있어."

"아니, 그게 아니라 대체 왜 이러냐고. 너 왜 이렇게 행동하는 거니?"

지금까지 나에게 이런 걸 직접 물어본 사람은 없었다.

보통은 자기 엄마한테 묻거나, 아니면 그 애들의 엄마가 우리 엄마나 선생님에게 묻곤 했다.

"난 아스퍼거 증후군이 있어."

이번에는 내가 되물었다.

"너는 뭐가 있어?"

메건의 입꼬리가 위로 올라갔다.

"하…, 내가 그래 보여?"

"응. 너는 눈과 손의 협응 능력이 안 좋은 것 같아."

나는 '눈과 손의 협응 능력'에 대해 잘 안다. 어릴 때 전문 치료사가 쓴 진단 기록에서 본 적이 있다. 내 '눈과 손의 협응 능력'은 유치원 때부터 3단계다. 썩 훌륭하지는 않지만, 아스퍼거 증후군이 있는 아이들치고는 나쁘지 않은 편이다.

메건이 물었다.

"눈과 손의 협응 능력? 너는 왜 내가 그게 안 좋다고 생각해?"

"멍 때문에."

메건이 웃었다. 왜 웃는지 모르겠다. 농담을 한 것도

아니고, 우스꽝스러운 행동을 한 것도 아닌데.

"멍 때문이라고?"

메건의 웃음소리가 더 커졌다.

"너, 진단받은 적 있어?"

내가 메건에게 물었다. '진단'도 유치원 때부터 알던 말이다. 다른 아이들이 세모, 네모, 빨강, 파랑 같은 말을 배울 때, 나는 이런 말들을 배웠다.

"그래, 뭐 바보 병 말기라나 뭐라나…."

그러다 마치 스위치를 끈 것처럼 메건의 웃음소리가 뚝 끊겼다. 메건은 눈앞에 펼쳐진 도로를 빤히 쳐다보고 있었다. 초록색 도요타 캠리 한 대, 가로등 여섯 개, 나무 여덟 그루, 집 아홉 채.

어쩌면 메건도 수를 세고 있을지 모른다.

사방이 조용했다. 너무 조용해서 머리 위로 날아가는 새의 날갯짓 소리가 들렸다. 메건이 부츠 끝으로 땅 파는 소리도 들렸다.

나는 메건이 말을 걸지 않아서 좋았다.

냄새가 나지 않는 점도 마음에 들었다.

땀 냄새도 안 나고, 향수나 샴푸 냄새도 안 났다.

메건이 침묵을 깨고 입을 열었다.

"이제 정류장으로 가야 해. 버스 타도 괜찮겠어?"

나는 내가 정말 괜찮을지 아닐지 몰라서 대답하지 않았다. '괜찮다'는 뜻이 분명하지 않은 말 중 하나다. 별로 나쁘지 않거나 보통 이상이라는 뜻인데, 나는 그게 어느 정도를 말하는 건지 잘 모르겠다.

"나는 방과 후 임시 버스를 타야 해."

"지금 오는 버스도 방과 후 임시 버스랑 노선이 같아."

"어떻게 알아?"

"내가 타니까. 난 매일 방과 후에 남는 벌을 받거든."

멀리 도로 끝에서 버스 한 대가 헤드라이트를 비추며 달려오고 있었다. 나는 재빨리 숨을 들이마셨다. 수를 셀 수 있게 차나 집, 아니면 가로등이라도 더 있었으면 싶었다.

그러다 고개를 가로젓고는 무릎을 꽉 껴안았다. 메건이 일어섰는지 옷자락이 사락대는 소리가 들렸다.

"지금 안 가면 놓쳐."

나는 대꾸도 안 하고 얼굴을 무릎에 더 깊이 묻었다.

"자, 이거!"

고개를 들어 보니, 메건이 손을 내밀고 있었다. 손바닥 위에 금속 해골 장식이 가운데 달려 있는 검은 구슬 목걸이가 놓여 있었다.

"이거 가져가. 구슬 수를 세면 도움이 될 거야."

"나는 수를 세는 거 좋아해."

"나도 알아. 우리 엄마도 그래."

"너희 엄마도 아스퍼거 증후군이야?"

"아니."

나는 목걸이를 받아 들었다. 반짝이는 구슬이 메건의 온기로 따뜻하고 매끈거렸다. 손가락을 동그랗게 오므려 구슬을 세었다. 하나, 둘, 셋…. 예순여섯 개다. 66은 3으로 나누어진다.

"가자, 아직 탈 수 있어. 버스 기사가 여기서 5분 정도 쉬었다가 출발할 거야."

우리는 학교 운동장의 축축한 초록 잔디밭을 가로질러 버스 정류장으로 향했다.

"난 방과 후 임시 버스를 타야 해."

내가 다시 말했다.

"이 버스를 방과 후 임시 버스라고 생각해 봐."

"버스 이름이 두 개야?"

"뭐, 그런 셈이지. 일단 네 발만 보고 걸어. 그러면 버스 표지판이 보이지 않을 거야. 알았지?"

메건 말대로 흙탕물과 삐죽삐죽 잡초가 뒤섞여 더러워진 눈 더미에 시선을 고정하고 걸었다. 버스 문이 휘잉 열리면서 경첩이 삐걱거렸다. 나는 머뭇거렸다. 버스 문 소리가 방과 후 임시 버스와 똑같았다.

메건이 말했다.

"괜찮을 거야."

'괜찮다'는 말은 싫지만 나는 발을 내디뎌 버스에 올라탔다.

1 2 **3** 4 5 6 7 8 9 10 11 12 13

그날 이후 버스에 사람이 많아 혼자 앉을 수 없을 때면 가끔 메건 옆자리에 앉았다. 혼자 앉는 게 더 좋지만, 어쩔 수 없이 누구 옆에 앉아야 한다면 메건이 좋았다. 메건은 냄새가 나지 않으니까.

또 메건은 질문을 하지 않았다.

방과 후에 남는 벌을 받고 갈 때면 버스가 텅 비어 차 안에는 메건과 나 둘뿐이었다. 그런 날이면 우리는 같은 정류장에 내려서 시내에 있는 쇼핑몰 주차장을 가로질러 콜롬비아 애비뉴를 따라 걷다가 쿠트니 가에서 각자 집으로 갔다. 메건은 거기서 네 블록 떨어진 곳에 있는 이동식 주택 지구에서 엄마와 새 아빠와 함께 살고 있었다.

메건과 함께 있으면 마음이 편했다. 아무 말도 하지 않고 6분 동안 함께 걸은 사람은 메건이 처음이었다. 게다가 메건이라면 말을 걸었다 해도 머리를 찧거나 구석에 웅크리고 싶은 마음이 들지 않을 것 같았다.

메건에게 엄마가 샌드위치가 되어서 할머니, 할아버지를 돌보고 있다는 이야기를 했다.

"할머니가 건강해지면 엄마가 여기로 올 거야."

메건이 물었다.

"너, 진짜 그렇게 생각하니?"

"뭐?"

"너희 엄마가 여기 올 거라고 진짜로 믿어?"

"물론이지."

메건은 나를 가만히 바라보았다.

"너, 한참 배워야겠다."

맞는 말이다. 지식은 무한하고 끝이 없다. 그래서 모든 사람은, 심지어 아무리 박학다식한 대학교수라고 해도 끊임없이 배워야 한다.

내 생각을 말해 주었더니 메건이 웃었다.

"내 말은 그런 뜻이 아니었어."

메건은 소셜 미디어에 대해 많이 알고 있었다. 나는 엄마에게 이메일을 보내지만 소셜 미디어는 잘 몰랐다. 메건은 내가 데이터 서비스를 이용해야 한다고 생각했다. 그러면 문자 메시지를 보낼 수 있다고 했다.

"왜 그래야 하는데?"

하루는 방과 후에 남는 벌이 끝나고 버스를 기다리면서 메건에게 물었다.

"직접 만나지 않고도 사람들과 대화할 수 있거든. 그리고 너도 그렇게 혼란스럽진 않을 거야."

"어?"

"내 말은, 네가 글은 잘 읽지만, 누가 화가 났는지 슬퍼하는지 이런 건 읽기 어려워한다는 거야. 메신저를 쓰면 사람들이 그런 걸 암호로 말해 주거든."

암호라는 말에 예전에 아빠의 컴퓨터 로그인 암호를 1003번의 시도 끝에 풀었던 일이 떠올랐다.

"나는 암호가 좋아."

"문자 메시지는 암호랑 비슷한 거야. 예를 들어, '깜놀'이라고 쓰면 깜짝 놀랐다는 뜻이야. 'ㄱㅅ'은 감사한다는 뜻이고."

버스가 도착하자 우리는 차에 올라탄 뒤 통로를 사이에 두고 자리에 앉았다.

"그리고 내가 너한테 문자 메시지도 보낼 수 있어."

"나한테 문자 메시지를 보낸다고?"

"그럼!"

버스에서 휴대폰을 들고 있던 아이들이 떠올랐다. 아이들은 하나같이 마치 손가락이 열한 개이거나 엄지손가락이 한 개 더 있는 것처럼 손가락을 재빠르게 움직였다.

"많은 사람들이 문자 메시지를 보내."

메건이 맞장구를 쳤다.

"내 말이 그 말이야."

"메시지를 보내는 건 평범한 거야."

"그럼! 다들 한다니까."

그러자 배 속에서, 그러니까 갈비뼈 바로 아래에서 뭔

가 불편한 기운이 느껴졌다. 발레리나 인형들이 돌고 도는 모습을 지켜볼 때와 비슷한 느낌이었다.

★

어느 날 오후, 메건은 이동식 주택 지구에 있는 자기 집으로 가지 않고 우리 집까지 함께 걸어왔다. 그런 다음 집 앞 차도에 서서 나를 지켜보다가 내가 마당을 지나 현관 앞 계단 세 개를 올라갔을 때 나를 불렀다.

"앨리스!"

나는 열쇠로 현관 문의 빗장을 풀고 문을 열다가 메건이 부르는 소리에 "응?" 하고 뒤를 돌아보았다.

"저기…, 나 들어가도 돼?"

메건이 쓰고 있던 까만 털모자를 이마까지 푹 눌러쓰며 말했다.

우리 집에는 사람이 오는 일이 거의 없다. 내가 변화를 싫어하기 때문이다. 매일 하던 대로 하지 않으면 구석에 웅크리거나 머리를 벽에 찧고 싶어진다.

"안 돼."

"너희 아빠가 친구 못 오게 하셔?"

"모르겠어."

한 번도 아빠한테 그런 걸 물어본 적이 없었다. 사실 엄마는 애들을 놀러 오라고 초대하곤 했었다. 엄마들끼리 약속을 잡아 내가 다른 애들과 놀 수 있게 자리를 마련했는데, 나는 그게 싫었다. 내가 몸을 휘청거리며 머리를 찧으면 다른 아이들은 비명을 질러댔다.

엄마가 눈에 바른 마스카라가 검은 시냇물처럼 흘러내릴 정도로 울던 얼굴이 선명하게 떠올랐다. 그때 엄마는 "난 그냥 네가 평범한 삶을 살게 해 주고 싶었어."라고 말했었다.

또 평범이다. 유형, 외모, 성취, 기능, 발달 등이 평균.

메건에게 물어보았다.

"평범한 애들은 부모님이 친구랑 같이 노는 자리를 마련해 주셔?"

"뭐?"

"평범한 애들은 부모님이 친구랑 같이 노는 자리를 마

련해 주시냐고."

"그럴 걸? 한 명만 더 있으면 되는 일이니까."

그러고 나서 메건은 돌아섰다.

왔던 길을 되돌아가는 메건을 바라보았다. 어깨에 멘 가방이 좌우로 출렁이고, 메건의 부츠가 또각또각 소리를 냈다.

"메건."

내가 부르는 걸 못 들었는지 메건은 계속 걸었다.

"메건!!"

소리를 더 크게 해서 부르자, 메건이 돌아섰다.

"돼!"

"어?"

"들어와도 돼!"

메건은 초록 계단을 세 개 올라와서 가로 세로 각각 1미터인 우리 집 현관으로 들어섰다. 부츠를 벗고 황토색 양탄자 위로 세 걸음 걸어 벽난로 맞은편에 놓인 소파에 앉았다. 그런 다음 32인치짜리 텔레비전과 게임기, 의자와 거실 탁자를 찬찬히 둘러보았다.

"너희 집, 맘에 든다."

메건이 신기했다. 나는 새로운 장소에 가는 것도, 황토색 양탄자도 좋아하지 않기 때문이다.

"왜?"

"조용해서."

"텔레비전을 안 켜서 그래."

사실 우리 집은 조용하지 않다. 나한테는 늘 소리가 들린다. 거실 벽시계가 똑딱거리고, 그보다 더 빠르게 벽난로 위에 걸린 시계가 틱틱거린다. 이따금씩 냉장고가 웅웅 소리를 내고, 하수구에서 똑똑 물 떨어지는 소리가 들린다. 밖에서는 개 짖는 소리와 이웃집 꼬마가 고함치는 소리가 들려온다.

메건이 소파에 앉아 있는 동안 부엌으로 가서 간식을 만들었다. 학교에서 돌아오면 나는 늘 하얀 식빵에 땅콩버터를 바르고 그 위에 젤리를 얹어 먹었다.

"너희 아빠가 나 여기 있는 거 싫어하시지 않을까?"

"모르겠어."

"성내실까?"

'성낸다'는 말은 뜻이 여러 개다. 화낸다는 뜻도 있지만 거칠게 일어난다는 뜻도 있다.

내 설명을 듣더니 메건이 물었다.

"너희 아빠, 소리 지르시니?"

"하키 경기 볼 때만 소리 질러."

그러고 나서 텔레비전을 켰다. 나는 집에 오면 늘 텔레비전을 본다. 〈괴짜 가족 괴담 일기〉와 〈스폰지 밥〉을 좋아하는데, 둘 다 만화영화라서 진짜 사람이 나오지 않는다. 목소리는 진짜 사람이 내겠지만.

나는 만화영화가 더 좋다. 진짜가 아니라고 기억하기 쉬우니까.

★

이날 아빠는 종일 근무가 아니어서 평소보다 일찍 집에 왔다. 잔업을 하느라 잠깐 출근했다가 돌아왔다.

아빠 차 소리가 들리자 메건은 바로 일어섰다.

"나 갈게."

메건은 얼른 부츠를 신더니 가방을 집어 들고 계단을 뛰어 내려갔다. 메건이 나가자 현관문이 쾅 닫혔다.

아빠는 지하실 문을 통해 들어와 샤워를 마치고 12분 뒤에 1층으로 올라왔다.

"누가 나가는 소리를 들은 것 같은데."

"메건이 있었어."

"그래? 학교에서 사귄 친구니?"

내가 고개를 끄덕이자 아빠가 눈썹을 들썩이며 목소리를 높였다.

"거 보라고! 내 방식대로 될 줄 알았어!!"

아빠의 입꼬리가 올라가는 걸 보고 내가 물었다.

"내가 유형, 외모, 성취, 기능, 발달 등이 평균이 되길 바란다고 엄마한테 말했던 그대로 됐다는 거야?"

"뭐?"

아빠가 미간을 찡그렸다.

"평범 말이야. 내가 평범한 아이들처럼 지내게 해 주자고 엄마한테 말했었잖아."

"아…, 그래, 그런 말을 했었지."

아빠가 갑자기 부엌으로 가더니 저녁 식사를 위해 접시를 차리기 시작했다. 아직 다섯 시밖에 안 되었는데.

"엄마도 내가 평범하길 바란다고 했어."

"엄마한테 아빠랑 통화하는 거 들었다고 말했니?"

"아니. 그 말은 엄마가 내가 어렸을 때 한 거야. 엄마는 그냥 내가 평범한 삶을 살게 해 주고 싶댔어. 그러니까 엄마랑 아빠는 다투지 않아도 돼."

"우린 다투지 않아. 어쩌다 가끔 그럴 때도 있지만. 흠, 흠, 그나저나 네 친구 얘기 좀 해 봐."

"메건은 키가 커."

"아, 그래."

아빠가 고개를 끄덕였다.

"그럼 평범하지 않은 거야?"

"아니. 왜 그런 생각을 해?"

"유형, 외모, 성취, 기능, 발달 등이 평균이 아니니까."

아빠가 손가락으로 머리를 헤집으며 헝클어뜨렸다. 그런 다음 숟가락 두 개를 꺼내 들고 잠시 뜸을 들이다가 입을 열었다.

"음…, 키가 큰 건 평균이 아닌 거랑 상관없어."

"대부분 사람들이 메건보다 키가 작은데도?"

"그래. 음…, 평범하다는 건 말이지, 그러니까 일반적인 거야. 대부분의 사람들이 하는 식으로 행동하는 거지. 예를 들면, 아이스크림을 좋아하는 건 평범해."

"나는 감초 아이스크림은 싫어."

"그래, 그것도 평범한 거야. 누구나 좋아하는 게 있고 싫어하는 게 있으니까. 어쨌거나 친구한테 간식은 좀 줬어?"

"누구?"

"메건 말이다."

"아니."

"또 친구를 데려올지 모르니 아빠가 과자랑 간식거리 좀 사 놔야겠다. 손님한테 친절하게 대해야지."

아빠가 오늘은 거실 탁자에서 먹자고 하면서 우리가 먹을 저녁밥을 요리하기 시작했다. 수프 캔을 따서 냄비에 붓는 소리가 들렸다. 아빠가 수프를 젓자 냄비가 달가닥거렸다.

저녁을 먹고 난 뒤 아빠는 엄마한테 전화를 해야겠다며 우선 치우자고 말했다. 그러고는 싱크대에 레몬 향 세제를 풀어 거품을 내고 그릇을 닦으면서 설거지를 했다. 나는 레몬 냄새는 싫지 않다.

아빠가 콧노래를 부르기 시작했다.

1 2 3 **4** 5 6 7 8 9 10 11 12 13

넷

3월 8일, 시내 쇼핑몰 주차장이 사라졌다.

자동차도, 지저분한 눈 더미도, 주차 공간도 모두 사라지고, 그 대신 전등과 이동 마차, 풍선과 커다란 팔이 달린 기계들이 주차 칸마다 꽉 들어차 있었다. 사방에 팝콘과 도넛 냄새가 가득했다.

나는 버스 계단을 내려오다 말고 그 광경을 물끄러미 바라보았다.

"야, 비켜!"

어떤 아이가 나를 밀치며 버스에서 내렸다. 물웅덩이

쪽으로 뛰어내리는 바람에 내 청바지에 물이 튀었다. 다른 아이들도 내 등을 밀쳐 댔다. 내 몸에 손이 닿는 게 느껴졌고, 아이들이 내뱉는 숨에서 냄새도 났다.

"빨리 내려!"

"야, 이 바보야!"

"아니, 왜 안 내려? 너 왜 그러냐?"

점점 무서워졌다. 나는 더 이상 주차장이 아니게 된 주차장과 아이들 사이에 끼어 버렸다. 입술이 바짝바짝 말라 들어갔다.

"야! 쟤보다 너희들이 더 이상하거든? 다들 눈은 장식으로 달고 다녀?"

메건의 목소리가 버스 안쪽 어딘가에서 우렁차게 울려 퍼졌다.

"이 버스는 문이 두 개야. 뒷문으로 내리면 되잖아!"

"그래도 그렇지!"

아이들이 투덜대며 뒷문 쪽으로 발걸음을 옮기는 소리가 들렸다. 등 뒤가 뻥 뚫리는 기분이었다.

"괜찮아?"

메건이 물었다.

괜찮은지 아닌지 알 수가 없었다.

"이건 풍물 장터야. 일 년에 두 번, 여기 주차장에서 열려. 놀이 기구도 있는데 아직 안 하나 보네."

"너희들, 안 내릴 거냐?"

버스 기사가 운전석에서 소리치자 곧바로 메건이 말대꾸를 했다.

"왜 소리를 지르세요? 기차 화통을 삶아 드셨나."

정말 말도 안 되는 소리였다. 기차 화통은 기차에 달린 굴뚝이다. 버스 기사가 그걸 삶아 먹을 리 없다.

나는 여전히 입을 꾹 다문 채 버스 계단에 그대로 서서 꿈쩍하지 않았다. 메건이 달래듯 나에게 말했다.

"괜찮아. 평소처럼 그냥 집으로 걸어가면 돼."

버스 기사가 목청을 가다듬었다.

"흠, 흠, 얘들아, 나도 바쁘단다."

"네네, 금방 내릴 테니까 그만 좀 하세요!"

그러고는 메건이 나즈막히 속삭였다.

"저 아저씨 말 듣지 마. 수를 세."

내 초록색 노스페이스 재킷 오른쪽 주머니에는 늘 메건이 준 목걸이가 들어 있었다. 나는 주머니에 손을 넣어 둥글고 딱딱한 구슬들을 만지며 수를 셌다.

하나, 둘, 셋….

눈으로는 버스 계단에 깔린 고무 매트와 도로의 검은 콘크리트 바닥을 내려다보았다. 다행히 고무 매트와 콘크리트 바닥은 평소와 똑같아 보였다. 나는 조금씩 몸을 앞으로 움직여서 버스에서 내렸다.

내 뒤에서 버스 문이 닫혔다. 기어 바꾸는 소리가 들리고 엔진 소리가 달라지더니 버스가 떠났다.

나는 그대로 서서 숨을 내쉬었다. 눈은 여전히 콘크리트 바닥을 내려다보면서 손가락으로는 목걸이 구슬들을 만지작거렸다.

어느 순간 부릉대는 버스 엔진 소리 너머에서 왁자지껄한 웃음소리가 들렸다. 원래는 주차장이었지만 지금은 전등과 이동 마차, 풍선과 놀이 기구로 가득 찬 곳에서 나오는 소리였다. 음악 소리도 들렸다.

"내 오르골 상자에서 나오는 노래다!"

나는 불빛을 번쩍이며 요란한 소리를 내는 기계들 쪽으로 한 걸음 다가섰다.

메건이 물었다.

"밑져야 본전인데, 한 번 가 볼래?"

이 말도 관용어 같았다. 나는 사전에서 봤던 '밑지다'와 '본전'의 단어 뜻을 소리 내어 읊었다.

"밑지다, 들인 것보다 얻는 것이 적다. 또는 손해를 보다. 본전, 장사나 사업을 처음 시작할 때 들어간 돈."

메건이 손사래치며 말했다.

"아니, 아니, 그게 아니고, 저기 가서 음악을 들어 보겠느냐고. 가 볼래?"

"음…."

"나도 같이 갈게."

"그게…."

나는 망설였다. 머릿속에서 이런 저런 생각이 스쳐 지나갔다. 방과 후 임시 버스가 가고 없어서 시내 방면 버스를 타야 했을 때 어떻게 해서 내가 메건과 함께 그 버스를 탈 수 있었는지 떠올랐다.

내가 시끄러운 소리와 사람들과의 접촉과 낯선 냄새를 싫어한다는 사실도 동시에 떠올랐다.

고개를 들어 사람들이 우르르 몰려가는 모습을 지켜보았다. '매표소'라고 쓴 노란 네온 불빛이 반짝이는 작은 오두막으로 사람들의 발길이 향하고 있었다.

"사람들이 많이 왔네."

"뭐, 키티바트 사람들은 대부분 온다고 봐야지."

"유형, 외모, 성취, 기능, 발달 등이 평균인 사람들이 풍물 장터에 오는 거야?"

"세상에, 말을 왜 그렇게 해? 너, 사전 삼켰니?"

"나는 사전이 좋아."

"그래, 그럴 것 같았어."

내가 다시 물었다.

"유형, 외모, 성취, 기능, 발달 등이 평균인 사람들이 풍물 장터에 오는 거야?"

"아마도. 그렇다면 너도 갈래?"

나는 고개를 끄덕였다.

우리는 놀이 기구를 향해 걸어갔다. 마치 다이빙대에

서 물로 뛰어들기 직전 같은 기분이 들었다.

트럭과 이동 마차들을 지나 커다란 뱀처럼 생긴 전선 줄을 넘고 놀이 기구의 철물 지지대 아래를 지났다.

내 노래, '엘리제를 위하여'가 불빛을 번쩍이며 은빛 기둥에 매달린 말들이 빙글빙글 돌아가는 놀이 기구에서 흘러나오고 있었다. 말들은 파란색, 분홍색, 초록색으로 제각각이었지만, 갈기는 똑같이 황금색이었다.

나는 은빛 기둥 위아래로 오르락내리락하며 빙글빙글 돌아가는 말들을 지켜보았다.

"내 발레리나들 같아."

"이건 회전목마라는 거야."

"나는 회전목마가 좋아."

그때 회전목마 옆에 서 있던 남자가 스위치를 누르자 말들이 천천히 속도를 늦추었다. 남자는 드라이버로 뭔가를 조이더니 다시 회전목마를 움직였다.

"나는 회전목마가 좋아."

내가 또 말했다.

"풍물 장터가 시작되면 너도 탈 수 있어."

나는 고개를 저었다.

"안 탄다고? 왜?"

"왜냐하면…, 너도 알잖아. 나는…."

"뭔데?"

"… 아스퍼거잖아."

"그래서 뭐? 나는 왼발이 오른발보다 더 커. 하지만 그게 내가 뭘 할 수 없다는 뜻은 아냐."

메건의 발을 쳐다보았다. 양쪽 발 크기가 특별히 달라 보이지 않았다.

"둘 다 똑같은데?"

"아, 이런!"

메건은 답답하다는 듯 하늘을 올려다보았다.

"잠깐만 여기 있어 봐!"

갑자기 메건이 회전목마를 움직이던 남자에게 다가갔다. 그 남자는 야구 모자를 거꾸로 쓰고 등받이가 없는 의자에 걸터앉아 쉬고 있었다. 은빛 머리카락 몇 가닥이 얼굴에 흘러 내려와 있었다.

남자가 메건을 향해 웃어 보이자 누렇고 삐뚤빼뚤한

치아가 드러났다. 메건은 그 남자 쪽으로 몸을 기울이고 뭔가 이야기를 나누더니 검고 긴 머리카락을 뒤로 넘기며 웃었다.

그 남자가 내 쪽을 보더니 고개짓으로 회전목마를 가리켰다.

"어차피 조금 있다가 마지막 점검을 하려던 참이었어. 네가 타 보고 싶다면 지금 잠깐 세워 줄게."

남자가 다른 스위치를 끄자 음악이 멈추고 말도 멈추었다. 남자가 나를 돌아보며 말했다.

"자, 어서 타. 표는 걱정하지 말고."

"나…, 나는…."

머릿속이 하얘지면서 말이 나오지 않았다.

내 옆에 있던 메건이 말했다.

"할 수 있어, 앨리스."

"나, 나느은…."

"너는 시내 방면 버스도 탔어. 처음에는 힘들어했지만 그 다음부터는 네가 해낸 거야."

"그, 그건… 네가…."

"나 여기 있잖아. 그리고 사실은 너도 네가 할 수 있는지 확인해 보고 싶어서 여기 온 거 아냐?"

"하지만…."

메건이 남자 쪽을 돌아보며 외쳤다.

"음악 켜 주세요."

'엘리제를 위하여'가 흘러나왔다. 내 오르골 상자에서 흘러나오던 노래다.

나는 놀이 기구를 향해 발걸음을 옮겼다. 손바닥이 땀에 젖어 축축했다. 계단 하나를 오르고 또 계단 하나를 올라 마침내 놀이 기구 회전판의 주름진 철제 바닥에 발을 내딛었다. 그러고 나서 황금색 플라스틱 말갈기에 손을 뻗었다.

"너, 괜찮니?"

남자가 물었다.

나는 아무 말 없이 말등자에 한쪽 발을 딛고 다른 한쪽 다리를 휙 돌려 말 등에 두 다리를 벌리고 앉았다.

"정말 괜찮겠어?"

남자가 재차 묻자, 메건이 대답했다.

"괜찮을 거예요."

놀이 기구가 움직이기 시작했다. 내가 탄 말이 위로 올라갔다 아래로 내려갔다 위아래로 오르락내리락했다. 말은 전진하면서 빙글빙글 돌았다. 회전목마에 가속도가 붙자 눈 앞에 있는 모든 게 흐릿해졌다.

나는 발레리나가 되었다. 그 순간 나는 내 오르골 상자 안에서 빙글빙글 돌아가는 발레리나였다. 나는…, 나는….

단어가 생각나지 않았다. 분명히 내 머릿속에 있는데 그 말을 찾을 수가 없었다.

하지만 상관없었다. 지금은 아무래도 상관없었다.

1 2 3 4 **5** 6 7 8 9 10 11 12 13

다섯

"너, 도대체 여기서 뭐 하는 거야. 어서 내려! 지금 몇 시인 줄 알아? 걱정돼서 죽는 줄 알았잖아!"

아빠가 날 깨우고 있었다. 처음에는 꿈인 줄 알았다. 눈을 끔벅이며 주위를 둘러보니 완전히 딴 세상으로 변해 있었다. 회전목마는 멈춰 있었고, 음악 소리도 들리지 않았다. 야간 조명등 불빛이 너무 세서 주위에 아무것도 보이지 않았고, 사람들이 질러대는 즐거운 비명 소리와 시끌벅적한 웃음소리, 핫도그와 팝콘 냄새가 사방에 가득했다.

머리 위에서는 팔이 위잉 돌아가는 거대한 놀이 기구가 기괴한 그림자를 길게 드리우고 있었고, 놀이 기구가 높이 치솟았다가 뚝 떨어질 때마다 사람들이 일제히 비명을 질렀다.

아빠는 회전목마의 회전판 위에 서서 내가 탄 말의 갈기에 한 손을 걸치고 있었다.

"누가 타자고 했니?"

"제가요. 그런데 앨리스가 내리려고 하지 않았어요."

그제야 나는 메건이 내 옆에 서 있었다는 걸 알았다.

아빠가 메건 쪽으로 몸을 돌렸다.

"넌 누구니?"

"메건이에요."

"네가 메건이라고?"

아빠 목소리가 높아졌다.

"앨리스는 즐거워했어요. 회전목마를 타면서 너무너무 좋아했는데, 나중에는 내리려고 하지 않았어요."

"어쨌든 앨리스를 여기 데려온 게 너라는 거지?"

"뭐, 그렇다고 할 수 있겠죠."

메건이 어깨를 으쓱했다.

"여긴 시끄럽고 정신없는 곳이야. 앨리스한테는 최악의 장소라고. 이건 정말 멍청한 행동이야!"

"그건 나도 알아요!"

메건이 소리치며 한 걸음 물러섰다. 메건의 키가 아빠랑 거의 비슷했다.

회전목마에는 우리 말고는 아무도 없었다. 주위에 사람들이 둘러서서 우리를 조용히 지켜보고 있었다.

"왜 나한테 전화 안 했니?"

"아저씨 번호를 모르니까요!"

"이웃 사람이 여기 왔다가 나한테 전화해 주지 않았으면 난 아직 아무것도 모르고…."

"네네, 어쨌든 이제 아셨잖아요!"

메건은 돌아서서 그 자리를 떠나려고 했다.

"얘, 메건! 네가 잘 모르는가 본데, 앨리스는 이런 데 데려오면 안 돼! 앨리스는…, 앨리스는 남들과 달라!"

"그래서 어쩌라고요! 난 갈래요."

메건은 머리카락을 휙 넘기고 회전목마 아래로 내려갔

다. 구경하던 사람들이 양쪽으로 갈라지며 성큼성큼 걸어가는 메건에게 길을 내주었다. 길쭉하고 시커먼 그림자가 사람들 사이를 지나 사라졌다.

다르다 바뀌거나 변하다.

나는 몸을 흔들기 시작했다.

"앨리스, 가자! 어서!"

나는 발레리나가 아니었다.

유형, 외모, 성취, 기능, 발달 등이 평균이 아니었다.

몸이 점점 더 흔들렸다. 나는 낮은 소리로 신음하며 웅얼거렸다. 아빠가 욕설을 내뱉었다. 욕을 하는 건 규칙 위반이다. 그래서 귀를 틀어막았다. 눈을 질끈 감고 말에서 내려오다 그만 발을 헛디뎠고, 그 바람에 바닥에 굴러 떨어지고 말았다. 나는 딱딱한 콘크리트 바닥 위에 그대로 누워 몸을 웅크렸다.

누군가 비명을 질렀다. 내 입에서 나온 소리였다.

아빠가 또 욕을 했다. 나는 손가락으로 귀를 더 깊숙이

틀어막았다. 그리고 차갑고 거친 길바닥에 누운 채 몸을 더 바싹 웅크렸다.

★

눈을 뜨자 사람들이 모두 가고 없었다.

아빠는 경찰과 이야기를 나누고 있었다. 경찰은 제복을 입는다. 나는 제복을 좋아한다.

"얘야, 괜찮니?"

내가 일어서자 경찰이 물었다.

나는 괜찮은지 알 수 없어 대답하지 않았다.

"저 사람이 너희 아빠셔?"

말끝에 목소리를 올렸으니 이건 질문이다. 나는 고개를 끄덕였다.

"우리 애가 많이 놀라서 그래요. 스트레스를 받아서 그렇습니다. 시끄러운 곳에 가면 잘 못 견디거든요. 집에 가면 괜찮아질 겁니다."

설명하는 아빠의 뺨이 실룩이며 주름이 잡혔다. 희끗

희끗한 수염이 까칠하게 자라 있었다.

경찰은 아빠와 좀 더 이야기를 나누더니 고개를 끄덕이고는 자리를 떠났다.

"어서 가자. 눈은 아래 쳐다보고!"

나는 일어섰다. 한 걸음 한 걸음 콘크리트 바닥에 시선을 고정하고 텅 빈 주차장의 하얀 주차 라인과 바닥에 놓여 있는 뱀처럼 긴 전선줄을 보며 걸었다.

차에 올라타자 아빠가 조수석 서랍에서 마스크를 꺼내 주었다. 그러고는 시동을 걸고 기어를 바꾸어 차를 앞으로 움직였다.

나는 창밖을 바라보며 휙휙 지나가는 가로등 불빛을 세었다.

스물한 개다.

차가 쿠트니 가에서 방향을 꺾으면서 방향지시등이 틱틱틱 소리를 냈다. 모두 열여섯 번이다.

집 앞에 도착한 뒤 아빠가 엔진을 끄자 차가 잠시 덜덜 떨다가 곧 조용해졌다. 나는 차에서 내려 시원한 저녁 공기를 마시려고 마스크를 벗었다. 현관 앞 나무 계단 세

개를 올라서자 아빠가 말했다.

"네 방으로 가."

★

잠시 뒤, 아빠가 내 방으로 들어와 내 옆에 앉았다. 그 바람에 침대 스프링에서 끼걱끼걱 소리가 났다. 아빠가 손으로 머리를 헝클어뜨려서 아빠 머리가 회색 고슴도치처럼 보였다.

"도대체 왜 회전목마를, 그것도 백 번이나 탄 거야?"

"백 번 아니고, 서른아홉 번이야."

"서른아홉? 서른아홉 번이라고?"

아빠 목소리가 침대 스프링처럼 끽끽거렸다.

"왜 그랬니?"

나는 대답하지 않았다. 질문은 싫다. 머리를 쿵쿵 찧거나 구석에 웅크리고 싶어지니까.

한숨 소리가 들렸다. 잠시 후 아빠는 전등 스위치를 끄고 조용히 내 방에서 나갔다.

"잘 자거라."

침대에 눕고 얼마 후, 아빠가 왜 회전목마를 서른아홉 번이나 탔냐고 물었던 질문에 대해서 내가 하고 싶었던 대답이 떠올랐다.

왜냐하면…, 수를 세거나 머리를 쿵쿵 찧거나 구석에 웅크리고 싶은 마음이 조금도 들지 않았던 그야말로 멋진 저녁이었으니까.

왜냐하면…, 유형, 외모, 성취, 기능, 발달 등에서 내가 평균이 된 정말로 너무나 멋진 저녁이었으니까.

★

"전에는 네가 이렇게 늦게 집에 온 적이 한 번도 없었잖니, 단 한 번도."

다음날 아침, 귀리 시리얼에 우유를 부어 먹고 있는데 아빠가 말했다.

"학교 끝나고 집에 늦을 것 같으면 전화를 해."

"규칙이야?"

"그래! 당연히 규칙이야. 그리고 그 여자애 말이다, 요전에 학교 끝나고 우리 집에 왔던 애니?"

나는 고개를 끄덕였다.

"걔가 널 풍물 장터에 데려갔어?"

"그냥 버스에서 내렸더니 주차장이 풍물 장터로 변해 있었어."

"어쨌든 걔가 먼저 너보고 가자고 한 거지?"

"메건은 자기 왼발이 오른발보다 더 크다고만 했어."

"내 생각엔, 널 괴롭히려고 일부러 데려간 것 같아."

아빠가 찬장을 열어 쌀로 만든 시리얼을 꺼내며 말했다. 아빠는 귀리보다 쌀로 만든 시리얼을 좋아한다.

"걔는 드세어 보이더라. 네가 그 아이랑 계속 어울려도 될런지 생각을 좀 해 봐야겠다."

드세다 지나치게 공격적이거나 거칠다

아무래도 아빠가 메건이 많이 싸운다고 생각하는 것 같아서 내가 설명했다.

"메건은 눈과 손의 협응 능력이 좋지 않아. 그래서 멍이 든 거야."

"또 모르지, 무슨 깡패들하고 어울려 다니는지도."

깡패 폭력을 쓰고 행패를 부리며 못된 짓을 일삼는 무리

"그런 것 같지 않은데."

이건 사실이다. 메건은 다른 사람과 어울려 다니지 않는다. 버스도 혼자 타러 가고, 버스에서도 혼자 앉는다. 학교에서 늘 혼자 귀에 이어폰을 꽂고 다니는데, 음악 소리가 너무 커서 이어폰 너머로 다 들릴 정도다.

"그래도 걔랑 너무 많이 어울리지는 마. 너한테 나쁜 영향을 주니까."

아빠가 말하는 '너무 많이'가 어느 정도를 말하는 건지 궁금했다. 나는 정확한 수치가 좋다. 잠은 하루에 8시간 자야 한다는 것처럼. 나는 7시간 이하로 자면 피곤하고 짜증이 난다.

하지만 물어보려고 했을 때는 아빠가 이미 씻으러 간

뒤였다. 멀리서 아빠의 전기면도기가 윙윙거리는 소리가 들렸다.

★

"너 꼭 데이터 서비스에 가입해라."

다음날 아침, 버스 정류장에서 메건과 마주쳤을 때 나를 보자마자 메건이 대뜸 이렇게 말했다.

메건은 후드 티에 달린 모자를 푹 눌러쓰고 버스 표지판에 기대어 서 있었다.

"왜?"

"아, 이런! 어제 그렇게 헤어지고 나서 네가 괜찮은지 아닌지 너무너무 궁금했거든."

"어제 두통, 발열, 복통 다 없었어."

"너희 아빠가 화내시지 않았어?"

나는 고개를 저었다.

건너편 주차장은 다시 주차장이 되어 있었다. 승합차와 이동 마차와 놀이 기구들은 모두 사라지고 젖은 아스팔트만 번들거리고 있었다.

곧 버스가 왔고 우리는 버스에 올라탔다. 나는 버스 엔진의 진동을 느낄 수 있는 구석 자리를 찾아 앉았다.

메건을 흘낏 쳐다보니, 얼굴이 어제와는 사뭇 달라져 있었다. 왼쪽 눈두덩이 부풀어서 눈이 반쯤 감겨 있었고 그 주위로 자줏빛 멍이 보였다.

내가 아스퍼거 증후군이 있지만 눈과 손의 협응 능력은 나쁘지 않아서 다행이라는 생각이 들었다.

"너 눈이 왜 그래?"

버스 통로에 서서 기둥을 붙잡고 서 있던 남자아이가 메건을 내려다보며 물었다.

"네가 무슨 상관이야?"

메건이 입술을 겨우 움직이며 말했다.

"축제에서 싸웠겠지. 안 봐도 뻔해."

대런이라는 아이였다. 영어 시간에 이름을 들어서 기억한다. 늘 교실 맨 뒷줄에 앉아 손가락으로 미니 스케이트보드를 튀기며 노는 아이다.

"서커스 단원들이 서로 얘랑 놀겠다고 싸웠을 거야. 딱

봐도 자기들 취향이거든. 성격이 거친 데다 말도 느끼하게 하잖아."

대런 옆에 서 있던 여자아이가 말했다. 이 아이도 영어 시간에 본 적 있다. 버스가 출발하자 여자아이가 몸을 휘청댔다.

보다 못 한 내가 나섰다.

"메건은 안 싸웠어."

"입 다물어."

내가 끼어들자 메건이 웅얼거리며 말했다.

"네가 그걸 어떻게 알아?"

여자아이가 물었다. 파란 색 눈동자 주위에 까만 색 아이라이너가 두껍게 그려져 있었다.

"내가 같이 있었어."

"아, 맞다. 네가 회전목마 좋아한다는 얘긴 들었어."

대런이 이 말을 하고 나서 큰 소리로 웃어서 나는 농담을 한 건 줄 알았다. 그래서 나도 덩달아 웃었다.

그러자 대런과 까만 색 아이라이너를 한 여자아이가 더 크게 웃어댔다.

메건은 웃지 않았다. 그 대신 버럭 소리를 지르며 자리에서 일어섰다.

"닥쳐!"

버스가 움직이는데도 아랑곳하지 않고 메건은 선 채로 주먹을 불끈 쥐고 있었다.

"와, 감동적이지 않냐? 별종끼리 서로 편들어 주잖아!"

그 순간 버스 통로에 서서 웃고 있던 대런이 눈깜짝할 사이에 버스 바닥에 나가 떨어졌다. 버스 안에 있던 아이들이 일제히 비명을 질러댔다. 심지어 버스 기사까지도.

대런이 욕을 하며 일어섰다. 코에서 피가 흐르고 눈물도 보였다. 대런이 팔로 코를 슥 문질러 피를 닦아냈다.

"너, 이 일은 꼭 갚아 주겠어!"

까만 색 아이라이너를 한 여자아이는 울기 시작했다. 까만 눈물이 뺨을 타고 흘러내렸다.

버스가 끼익 하고 멈춰 섰다. 다행히 학교 앞이었다. 문이 훽 열리고 버스 기사가 고함쳤다.

"모두 다 내려!"

버스 기사는 버스 안에서 싸우면 안 된다며 교장 선생

님과 경찰에 알리겠다고 소리쳤다. 또 오늘은 아이들이 통제 불능이라며, 특히 마을에 풍물 장터가 열리고 난 후에는 더욱 그렇다며 투덜거렸다.

당장은 아무도 움직이지 않았다. 오직 메건만 훌쩍 일어서더니 대런에게 눈길 한 번 주지 않고 버스 문 쪽으로 걸어갔다. 으스스한 침묵 속에서 메건의 부츠 굽 소리만 울려 퍼졌다.

버스 안이 꽉 차서 붐볐는데도 모두가 메건에게 길을 비켜 주었다. 방금 전까지 소리치던 버스 기사도 멍하니 메건을 바라보다가 한 마디 했다.

"이 일은 보고할 거다. 알았어?"

"그러시든가요."

메건은 성큼성큼 걸으며 운동장을 가로질러 갔다. 가방이 흔들리고 체인이 찰랑거렸다.

1 2 3 4 5 **6** 7 8 9 10 11 12 13

여섯

그 뒤로 메건이 보이지 않았다. 사실 어느 정도는 예상한 일이었다. 메건이 정학을 받았을지도 모른다고 생각했기 때문이다.

그런데 점심시간에 내가 좋아하는 계단통으로 갔더니 거기 메건이 있었다. 그곳은 구관 건물 2층으로 통하는 지붕이 뻥 뚫린 계단인데, 지금은 아무도 지나가지 못하도록 판자로 2층 입구를 막아 둔 상태였다.

메건은 벽에 기대어 서서 버터도, 땅콩 잼도 바르지 않은 식빵을 씹고 있었다. 이마로 흘러내린 머리카락이 얼굴의 절반을 덮고 있었다.

메건은 종종 아무것도 바르지 않은 빵을 먹었다. 나는 그 점이 마음에 들었다. 아무런 냄새가 나지 않으니까.

"여긴 왜 왔어?"

날 보더니 메건이 물었다.

"나는 점심시간마다 여기 와."

"그래?"

나는 고개를 끄덕인 다음 자리에 앉아 샌드위치를 꺼내 먹기 시작했다. 복도에는 샌드위치 씹는 소리만 울렸다.

"있잖아…,"

내가 샌드위치를 다 먹고 나자 메건이 입을 열었다.

"나는 잘 모르겠다. 내가 정학을 받았는지 안 받았는지 너는 물어보지도 않는데, 이럴 땐 내가 화를 내야 하는 거니, 아니면 다른 애들처럼 참견하지 않아 줘서 고맙다고 해야 하는 거니?"

나는 아무 말도 하지 않았다. 메건의 말이 무슨 뜻인지 몰라 혼란스러웠다. 그래서 천정 타일을 세었다.

"어쨌든 나 정학이야."

이 말은 무슨 뜻인지 안다. '정학'은 문제를 일으킨 학생이 학교 수업을 받지 못하도록 하는 벌이다.

"아까 싸워서?"

"뭐, 그렇지."

"대런을 왜 때렸어?"

"진짜 몰라서 물어? 걔가 널 놀렸잖아."

"나한테는 종종 있는 일이야."

"아, 그러셔? 어쨌든 나는 누가 내 친구를 놀리게 놔두지 않아."

친구 친밀하게 지내는 사람 혹은 좋아하는 사람

사전에서 보았던 '친구'의 뜻이 떠올랐다. '친구' 옆에는 명사를 뜻하는 기호 [명]이 작고 굵은 글씨로 인쇄되어 있었다.

나는 천정 타일을 열 개까지 세었다.

나한테는 불가능한 일이 있다. 예를 들면, 환경 미화원은 될 수 없다. 요리사도, 급식 조리사도 될 수 없다. 전에 다니던 학교에서 헤일리 맥로드라는 여자아이는 나보고 절대로 친구를 사귀지 못할 거라고 말했었다.

2년 전, 3월 19일의 일이었다.

나는 아니라고 말했다. 나한테도 친구가 있다고, 캐머런이랑 엘리랑 섀넌은 매주 수요일 쉬는 시간마다 나와 함께 논다고 말했다.

헤일리는 비웃었다. 그런 걸 '사회생활'이라고 부른다고 했다. 걔네들이 나랑 노는 건, 그렇게 하면 선생님이 칭찬스티커를 주시기 때문이라는 말도 덧붙였다.

"선생님이 너한테도 칭찬스티커 주셨어?"

나는 메건에게 물었다.

"뭐?"

"선생님이 나랑 버스 같이 타라고 칭찬스티커 주셨어? 그리고 지금도 줘?"

"아, 뭔 소리야. 칭찬스티커는 커녕 내가 여기 있는 걸 알면 아마 기겁할 걸. 난 정학이니까."

"그러니까 칭찬스티커는 받지 않았다는 거야?"

"고작 스티커 따위 받겠다고 내가 그럴 것 같아?"

그러자 붕 뜨는 기분이 들었다. 회전목마를 타고 있는 것 같았고, 내 발레리나들이 춤추는 모습을 볼 때와 같은 기분이 들었다. 내 입꼬리가 하늘로 치솟았다.

"나는 네가 스티커 따위로 그러지 않아서 좋아."

그날 오후, 메건은 수업을 듣지 않는데도 한참이 지나서야 버스를 타러 왔다. 다행히 버스 기사는 아침에 본 운전 기사가 아니었다.

버스가 붐벼서 우리는 내릴 때까지 잠자코 있다가 시내 쇼핑센터 주차장을 건너며 이야기를 나누었다.

그때였다. 메건이 금요일에 우리 집에서 와서 하룻밤 자도 되냐고 물었다.

남의 집에서 자고 싶다니 신기했다. 나는 낯선 곳에서 밤을 보내는 게 싫다. 호텔도 싫고, 낯선 침대도 싫다. 이불에 따가운 정전기가 일어나는 것도 싫다. 창문이 평소와 다른 방향으로 나 있는 것도, 라디오 시계 조명이 초록빛이 아니라 빨간빛인 것도 싫다.

나는 메건에게 왜 우리 집에서 하룻밤 자고 싶으냐고 물었다.

메건이 소리 내어 웃었다. 농담을 한 것도 아닌데 큰소리로 웃어서 이유가 뭔지 궁금했다.

"너희 아빠는 조용하시잖아."

하지만 우리 아빠는 조용하지 않다. 마구 소리를 지르니까. 하키 시합에서 캐눅스 팀이 점수를 딸 때 특히 그렇다. 그리고 평소에는 하지 않으려고 노력하지만 캐눅스 팀이 시합에서 지면 욕도 한다. 게다가 음악을 좋아해서 야크 털이 난 동물 가죽으로 만든 북도 사다 놓았다. 그 북이 오히려 조용하다. 우리 집 화분 받침대로 쓰고 있으니까.

"내 생각엔 별로 그렇지 않은 것 같은데."

"우리 새 아빠가 내는 소리를 못 들어봐서 그래."

"시끄러우셔?"

"그럼. 술도 엄청 마시고."

"트림도 해?"

나는 탄산수를 많이 마시면 트림이 나서 이렇게 물었더니 메건이 또 웃었다. 메건은 기분이 좋아 보였다.

"아빠한테 한 번 물어볼게."

"그래, 너희 아빠는 날 안 좋게 생각하실 것 같지만."

문득 아빠가 나보고 메건과 너무 많이 어울리지 말라고 한 말이 떠올랐다.

"아빠는 네가 너무 드세어 보인대."

메건은 큰 소리로 웃었다.

"이래서 내가 널 좋아하는 거야. 넌 내숭 떨지 않잖아. 아주 솔직해."

이 말은 칭찬이다. 특수 교육 담당 선생님이 칭찬을 받으면 나도 해 줘야 한다고 말했었다.

"나는 네가 냄새가 안 나서 좋아."

★

나는 메건에게 아빠가 허락할지 다음 날 만나서 알려

주겠다고 말했다. 그러자 메건은 내가 데이터 서비스에 가입하면 이럴 때 문자 메시지로 알려 줄 수 있다고 하면서 또 다시 메신저 얘기를 꺼냈다.

메건은 문자 보내는 걸 좋아한다. 페이스북, 트위터, 인스타그램도 좋아한다. 페이스북에 친구가 201명이나 있다. 메건은 컴퓨터로 친구 사귀는 일이 쉽다고 말했다. 이건 맞는 말 같다. 왜냐하면 학교에서 메건은 친구가 201명이 안 되니까. 학교에서 다른 아이들과 말도 거의 하지 않는다.

내가 아직은 데이터 서비스에 가입하지 않았으니 대신 이메일로 알려 주겠다고 말하자, 메건은 졌다는 듯 고개를 젖혀 하늘을 쳐다봤다.

그날 저녁, 아빠가 저녁밥을 만들고 있을 때 옆에서 지켜보다가 물었다. 유형, 외모, 성취, 기능, 발달 등이 평균인 아이가 밤에 우리 집에 자러 와도 되냐고.

아빠는 치킨 누들 수프를 만들고 있었는데, 내 말을 듣더니 잠시 국자를 내려놓았다가 다시 집어 들었다.

"아마 되겠지?"

그래서 이번에는 금요일에 와도 되냐고 물었다. 냄비에서 모락모락 김이 올라와서 부엌 유리창에 뿌옇게 안개가 꼈다. 냄비에서는 보글보글 수프가 끓고 있었다. 부엌에 덥고 습한 공기가 가득했다.

"메건이 그러고 싶대?"

내가 고개를 끄덕이자 아빠는 중국식 건면을 냄비에 던져 넣었다. 수프에서 쉬익쉬익 소리가 났다.

"걔가 널 이용하지 않는 게 확실해?"

나는 '이용'한다는 말의 뜻을 잘 몰라서 가만히 있었다. 나는 삽이나 칼, 망치 같은 도구가 아니다.

"생각해 볼게."

아빠가 당근을 깍둑깍둑 썰었다. 다 썬 당근을 냄비에 던져 넣자 퐁당 소리가 나면서 수프 국물이 튀었다.

"메건 말이다, 너는 그 애의 어떤 점이 마음에 드니?"

아빠가 한참 후에 물었다. 나는 마땅한 대답을 찾으려 했지만 머릿속에 너무 많은 말이 넘쳐나서 찾을 수가 없었다. 그래서 싱크대 뒤쪽 벽의 타일을 세었다.

한 줄에 여덟 개씩, 여섯 줄.

모두 마흔여덟 개다.

한참 뒤 마침내 내가 입을 열었다.

"냄새가 안 나서 좋아."

아빠가 크게 숨을 들이마셨다가 내쉬었다.

"냄새가 안 나? 앨리스, 여자애들은 거의 다 냄새 같은 거 안 나!"

"아냐, 샴푸 냄새나 향수 냄새가 나는 애들도 많아."

"메건은 샴푸나 향수를 안 써?"

"응, 안 써."

아빠가 셀러리를 썰어 냄비에 던져 넣었다. 퐁당퐁당 소리가 났다.

"왜 하필."

아빠가 셀러리를 더 집어 재빨리 썰면서 중얼거렸다.

"아빠는 말이다, 늘 네가 친구 사귀길 바랐어. 그건 지금도 그래. 그런데 너는 동네 깡패를 친구로 고르더니, 그 이유가 고작 냄새가 안 나서라고? 걔가 우릴 죽이고 침대에 숨겨놓는다고 해도 냄새만 안 나면 좋아?"

"그게 다가 아니야."

내가 소리쳤다. 마음속에서 갑자기 하고 싶었던 말이 또렷하게 떠올랐다.

"메건은 칭찬스티커 때문에 나랑 놀아 주고 그러지 않아."

★

저녁 식사를 마친 뒤, 아빠가 금요일 밤에 메건이 우리 집에 와도 좋다고 허락했다.

"메건이 우리 집에 오는 건 괜찮아."

그런 다음 아빠는 조건을 내걸었다.

"하지만 너는 걔네 집에 가지 마라."

"나도 가기 싫어. 아무튼 내일 메건을 만나면 아빠가 허락했다고 말할게."

그러고 나서 슬쩍 한 마디 덧붙였다.

"내가 데이터 서비스에 가입했으면 메건에게 문자 메시지로 알려 줘도 되겠지만."

아빠가 설거지를 하면서 말했다.

"흠, 첨단 기술의 세계에 발을 들이시겠다?"

'발을 들이다'는 속어다. 어떤 일을 적극적으로 시작한다는 뜻이다.

"응, 친구 사귀기가 쉽댔어. 메건은 친구가 201명이나 있대."

"걔는 그렇겠지."

아빠가 나를 바라보더니 얼굴로 흘러내린 축축한 머리카락을 뒤로 넘겼다. 그러고는 뭔가 더 말하려는 듯 입술을 달싹이다가 그만두었다.

아빠가 수도꼭지를 잠근 뒤, 주전자에 있는 커피를 한 잔 더 따랐다. 커피 방울이 튀어 뜨거운 금속판에 닿자 쉬익 하고 소리가 났다. 아빠가 컵을 식탁 위에 놓더니 털썩 주저앉았다. 그 바람에 의자에서 바람 빠지는 소리가 났다.

"규칙을 더 세우는 게 좋겠다."

"응."

나는 규칙을 좋아한다. 자동차 안전벨트나 높은 발코니의 난간처럼 안전한 느낌을 준다.

"페이스북은 잘 모르겠지만, 네가 메신저에 가입해서 핸드폰으로 문자 메시지와 이메일을 보낼 수 있게 해 줄 수는 있어."

"그리고 규칙은?"

"온라인에서는 절대 진짜 이름을 알려 주지 말 것. 집 주소도 절대 알려 주지 말 것. 나이와 다른 신상 정보들도 절대로 알려 주지 말 것."

아빠가 커피를 저었다. 커피에서 김이 모락모락 올라오는 걸 바라보면서 생각했다. '신상 정보'가 뭐지? 치과 진료 기록 같은 건가? 비행기 추락 사고가 나면 사망자가 누군지 알아낼 때 쓰는 그거?

아니면 DNA나 지문 같은 건가?

이 얘기를 했더니 아빠가 웃어서 내가 또 농담을 했나 싶었다. 아빠가 그 말은 내 진짜 이름이라든가 주소 같은 개인 정보를 알려 줘서 그 사람이 나를 찾아내도록 하지 말라는 얘기라고 했다.

"왜 날 찾아내지 못하게 해야 해?"

아빠가 냉장고로 가서 아이스크림을 꺼내며 대답했다.

"가끔 나쁜 사람들이 인터넷에 접속해서 자기가 어른인데도 아이인 척하거든. 그러니까 자기 진짜 모습을 숨기고 거짓으로 다른 사람인 척 연기하는 거야."

"유치원 선생님이 핼러윈 때 마녀가 된 것처럼?"

"그거하고는 달라. 그냥 이것만 기억해. 너나 아빠의 개인 정보를 인터넷 상에 알리지 말 것! 그건 위험한 일이야. 그리고 절대로 인터넷으로 알게 된 사람과 실제로 만나지 말 것!"

"그게 규칙이야?"

"응, 그래. 사실 이런 일에 관한 안내 팸플릿을 도서관에서 받아왔었어. 지금 그게 쓸모 있을지도 모르겠다."

아빠는 일어나서 가전제품 설명서와 제품 보증서 같은 서류를 넣어 두는 서랍을 뒤지기 시작했다.

"여기 있다."

아빠가 팸플릿을 건넸다. 겉표지에 '인터넷 세상에서 자녀를 안전하게 보호하기'라는 제목이 쓰여 있고, 그 아래 아이 두 명이 컴퓨터 앞에 구부정하게 앉아 있는 그림이 있었다.

"고마워. 이따가 읽어 볼게."

아빠가 고개를 끄덕이며 의자에 앉았다.

"내 생각엔, 너한테 이런 인터넷 서비스 같은 걸 알려 준 게 메건인 것 같은데?"

나는 고개를 끄덕였다.

"뭐, 좋아. 요즘 아이들은 거의 다 쓰니까."

"좋은 거야?"

"음, 평범한 거야."

"그 말은, 유형, 외모, 성취, 기능, 발달 등이 평균이라는 거야?".

아빠는 한동안 말이 없다가 커피를 휘저은 스푼을 냅킨 위에 놓으며 말했다.

"그래, 그런 것 같구나."

1 2 3 4 5 6 **7** 8 9 10 11 12 13

일곱

그 뒤로 메건을 다시 본 건 이틀이 지나서였다. 쉬는 시간에 메건이 자기 사물함 앞에 앉아 있었다. 불긋했던 멍들이 이제는 노르스름한 초록빛으로 변해 있었다.

나는 메건 옆에 앉으며 물었다.

"닫혀 있었나 봐?"

"뭐가?"

"문이 닫혀 있는 줄 모르고 걸어간 거야?"

얼마 전에 메건이 버스에서 내리다가 문에 부딪쳤다고 말했던 게 떠올라서 물었다.

"아, 그랬었지."

"그런데 코는 멍이 안 들었네?"

"그래서?"

나는 어떻게 얼굴을 문에 부딪쳤는데 코가 괜찮은지 궁금했다. 아마 문이 꽉 닫혀 있지 않았나 보다.

아니면 딴 데를 쳐다보면서 버스에서 내리다가 옆으로 부딪쳤거나.

"살짝 열려 있었어?"

"뭐가?"

"문이 살짝 열려 있었냐고. 아니면 네가 딴 데 정신을 팔았거나, 아니면…."

"좀 닥쳐 줄래?"

메건이 큰 소리로 말했다. 눈썹을 찡그리고 미간에 주름이 잡혀 있어서 화난 얼굴 같았다. 예전 담임선생님이 준 감정 차트에서 본 표정이었다.

"나한테 화났어?"

"아, 좀!"

"나 때릴 거야?"

메건은 대런한테 화가 났을 때 때렸었다.

"아니, 안 때려."

"대런은 때렸었잖아."

"제길! 그 일은 이쯤 해 두자(let it go already!)."

나보고 뭘 놓으라는 건 알 수가 없었다(let it go는 '놔'라는 뜻이다_편집자 주) 손에 아무것도 들고 있지 않았으니까. 나는 말 없이 내 텅 빈 두 손을 바라보았다.

"너무 다 알려고 들지 마. 모르는 편이 더 나을 때도 있어."

이 말을 하고 메건이 일어섰다. 빵 부스러기들이 바닥에 떨어졌다.

메건이 돌아서서 멀리 걸어가는 뒷모습을 바라보았다. 가죽 재킷 등판에 붙은 모조 다이아몬드 해골이 반짝였다. 메건의 발걸음을 세려고 했지만 다른 아이들의 발걸음 소리와 왁자지껄 떠드는 소리, 웃음소리와 사물함 여닫는 소리에 지워졌다.

개인적으로 나는 모르는 편이 더 낫다고 생각하지 않는다. 나는 정답을 좋아한다. 2 더하기 2는 4인 것처럼 답을 알고 싶다. 정답은 규칙과 비슷하다. 발코니의 안전 난간 같은 것이다.

모르는 편이 더 나은 상황이 뭘까 생각해 보았다. 그러자 하와이 해변에서 모래가 내 발밑에서 쓸려 갈 때와 같은 기분이 들었다. 몸이 흔들거리기 시작했다. 서둘러 사물함이 몇 개인지 반대편에서부터 거꾸로 세었다. 하나, 둘, 셋….

"쟤 또 혼자 떠든다!"

어떤 여자아이가 말했다.

"진짜 이상한 애야!"

여자아이 옆에 있던 남자아이가 나를 내려다보며 한마디 하고는 돌아서서 자기 사물함 비밀번호를 틱틱틱 입력하며 또 말했다.

"정신분열증인가 봐."

정신분열증은 조현병이라고도 부른다. 사고 과정에 문제가 생기는 정신 질환으로 환청과 망상이 일어난다.

"나는 정신분열증이 아니야."

내가 일어서며 외치자 여자아이가 웃었다.

"재가 나보고 말했어."

"너 진짜 이상해. 다른 사람들은 아직 그걸 모르는 것 같지만 말이야."

또 다른 여자아이가 코맹맹이 소리로 외쳤다.

"야, 재 건드리지 마. 메건이 알면 우리한테 미친 듯이 덤벼들 거야. 걔 엄청 사납잖아."

"메건은 내 친구야."

내가 또 외쳤다.

"넌 자랑할 게 그렇게 없냐?"

아까 그 남자아이가 사물함에서 파란 색 파일을 꺼내 들며 말했다.

"내 사촌 중에 조현병 있는 애가 있어."

"그래서 어떻게 됐어?"

"어른들이 병동에 가둬 버렸지."

"잘됐네."

남자아이가 사물함 문을 세게 닫으며 말을 이었다.

"우리 엄마가 그러는데, 그런 사람들을 더 많이 가둬 둬야 한대. 그렇게 하지 않으면 그 사람들이 약물에 중독

되고 노숙자가 된대."

남자아이가 사물함 문을 쾅 닫으며 말했다.

"메건도 감금해야 해. 걔는 괴물이야."

그때 내 주먹이 그 아이를 향해 날아갔다.

별로 효력이 없는 한 방이었다. 남자아이는 뒤로 넘어지지도 않았고 바닥에서 뒹굴지도 않았다. 잠깐 뒷걸음치더니 입을 벌린 채 자기 턱을 만졌다.

"이게! 너 무슨 짓이야?"

"나는 누가 내 친구를 놀리게 놔두지 않아!"

이 말을 하자마자 나는 서둘러 그 자리를 벗어났다. 그리고 내가 학교에서 가장 좋아하는 장소, 조용한 계단을 향해 뛰었다.

★

구석에 바싹 웅크렸다. 나는 구석이 좋다.

운 나쁘게도 근처에 앉아 있던 아이가 내가 누군지 알아 본 모양이었다.

교장 선생님이 왔다. 고개를 숙이고 있어서 보지는 못했지만, 갈색 가죽 구두와 바닥에 끌리지 않게 단을 접은 얇은 베이지색 바지로 누군지 알 수 있었다.

"앨리스, 네가 아까 누구랑 싸웠다고 들었다."

"싸운 게 아니라 제가 때렸어요. 그런데 그 아이가 누군지는 몰라요." 내가 설명했다.

"누구한테 손대는 건 교칙 위반이야."

나는 고개를 끄덕였다. 교장 선생님이 한 말은 누굴 밀치거나 때리거나 해서는 안 된다는 뜻이다. 손을 닿게 하면 안 된다는 뜻이 아니다.

"너희 아빠한테 학교에 오시라고 전화해야겠다. 너도 교장실로 따라오너라."

나는 일어나서 교장 선생님을 따라 계단에서 내려온 다음 리놀륨 장판이 깔린 복도를 걸었다.

교장 선생님은 나에게 교장실 옆에 있는 작은 방에 가서 앉아 있으라고 말했다. 그 방은 침대와 구급상자가 있어서 마치 진료실처럼 보였다. 블라인드 사이로 햇빛이 층층이 들어오고 먼지들이 왔다 갔다 하며 춤을 추었다.

통화하는 소리와 말소리, 간간히 웃음소리가 들렸다.

마침 종이 울렸다.

종소리는 학교를 나갈 시간이라는 뜻이다. 교장 선생님은 나에게 방과 후에 남는 벌을 받으라는 말은 하지 않았다. 그래서 나는 자리에서 일어났다.

버스 정류장으로 가서 방과 후 임시 버스를 탔다. 메건은 버스에 없었다. 빈자리가 없어서 나는 쇠기둥을 붙잡고 서서 헤어스프레이 냄새와 땀 냄새를 꾹 참았다.

현관문에 들어서자 아빠 목소리가 들렸다. 목소리가 너무 커서 고함치는 것 같았다.

"물론이죠, 앨리스는 아무 문제없어요. 다른 아이들하고 똑같습니다. 공장처럼 판에 박힌 학생들을 만들어 내는 게 학교가 할 일은 아니잖습니까? 남들과 아주 조금 다르다고 해서…."

나는 조용히 문을 닫고 허리를 숙여 신발을 벗은 뒤 1

층으로 통하는 계단 세 개 중 첫 번째 계단에 앉았다. 다른 사람 목소리가 들리지 않아서 아빠가 통화 중이라는 걸 알았다.

"아뇨! 특수교육 프로그램은 필요 없어요."

아빠 목소리가 높아졌다.

"아니, 그런 게 그렇게 중요합니까? 아뇨, 앨리스는 진단받은 적 없어요. 제 딸은 괜찮아요. 친구도 있고요. 그런 꼬리표를 붙일 필요가 없는 애라고요!"

수화기를 쾅 내려놓는 소리가 들렸다. 아빠가 욕을 내뱉었다.

"욕을 하는 건 규칙 위반이야."

"뭐…, 너, 왔니? 집에 온 줄 몰랐어."

아빠 목소리가 막 달리기를 끝낸 사람처럼 들렸다. 얼굴도 벌갰다.

"너, 무슨 소리를 들었니?"

"아빠가 욕하는 소리 들었어. 그건 규칙 위반이야."

"그래, 그래, 알았어. 미안하다."

나는 고개를 끄덕였다. 사람들은 종종 규칙을 어기고

나서 나중에 미안하다고 하니까.

"나 샌드위치 만들 거야."

"그러렴."

내가 부엌으로 들어가 빵 한 봉지와 잼, 땅콩버터를 꺼내자 아빠가 물었다.

"오늘 학교에서 별일 없었어?"

나는 가만히 있었다. 물론 많은 일이 일어났다. 셀 수 없이 많은 사람과 셀 수 없이 많은 일이 있었다. 그래서 무슨 말부터 해야 할지 몰랐다.

"수업은 어땠어?"

"수학과 영어는 평소와 같았어. 사회랑 체육은 수업에 들어가지 않았고."

"왜? 무슨 이유로…?"

"내가 어떤 남자애를 때렸어."

"그래, 나도 들었다. 그 때린 일에 대해 얘길 좀 해야겠다. 왜 그랬니? 그 녀석이 널 괴롭혔어? 아니면 다른 일이 있었던 거야?"

"나는 누가 내 친구를 놀리게 놔두지 않을 거야."

"친구?"

아빠가 눈썹을 치켜 올렸다.

"메건을 말하는 거니?"

나는 어깨만 으쓱해 보였다. 질문은 싫다.

아무 말 없이 식빵 두 조각을 꺼내 땅콩버터를 바르고 그 위에 바를 잼을 집으려고 손을 뻗었다.

아빠는 부엌에 서서 손가락으로 머리를 쓸어 넘기며 창문 앞을 서성이고 있었다.

"나 이제 텔레비전 볼 거야."

"그래, 좋아. 저기…, 앨리스?"

"응?"

"아니다. 이 얘기는 나중에 하자."

아빠가 한숨을 쉬었다.

"난 잠깐 체육관에 다녀오마."

오늘은 아빠가 쉬는 날이다. 아빠는 쉬는 날 체육관에 가서 운동하는 걸 좋아한다.

나는 혼자 남아 중얼거렸다.

"나는 체육관이 싫어. 냄새가 너무 많이 나."

★

57분 뒤, 문 두드리는 소리가 들렸다.

처음에는 아빠가 깜빡하고 열쇠를 놓고 갔나 싶었다. 그런데 문을 열어 보니 메건이었다. 이건 평소에 없었던 일이다. 메건이 낮에 우리 집에 온 적은 있어도 저녁에는 온 적이 없었다.

메건은 짐이 꽉 찬 무겁고 커다란 배낭을 쿵 하고 거칠게 내려놓았다. 이것도 평소와 달랐다. 메건의 가방은 늘 비어 있다. 메건은 숙제를 거의 하지 않는다.

"감자 칩 먹을래?"

아빠가 손님한테는 친절하게 대해야 한다고 했기 때문에 요즘은 메건이 우리 집에 올 때마다 아무 양념 없는 감자 칩을 내주고 있었다. 소금과 식초 냄새가 나는 도리토스나 치지스, 프렌치 양파 칩이나 나초는 내가 싫어해서 내놓지 않았다.

메건이 말했다.

"나, 부탁이 하나 있어."

부탁 어떤 일을 해 달라고 청하거나 맡기는 것

"네가 놀러 오면 간식을 대접해야 한다고 아빠가 말했는데, 집에 양념 안 한 과자 말고는 없어. 도리토스, 치지스, 프렌치 양파 칩, 나초 칩은 소금이랑 식초 냄새가 나서 내가 싫어해."

"간식은 됐어!"

메건이 큰 소리로 말했다.

우리는 하키 경기를 보고 있지 않았다. 지금은 위급한 상황도 아니었다.

"나 좀 도와줘."

메건이 손으로 검은 머리카락을 쓸어 올렸다. 이마에 상처가 나 있었다.

"만약 새 아빠한테 여기로 전화 오면, 내가 너희 집에서 하룻밤 자면서 논다고 얘기해 줘."

나는 한 걸음 물러선 다음 1층으로 통하는 계단 세 개 중 첫 번째 계단으로 올라섰다. 이건 뭔가 일상에 변화가 생겨서 불편할 때마다 내가 하는 행동이다. 게다가 축축하게 젖은 메건의 부츠에서 가죽 냄새와 발 냄새가 났다.

"오늘 밤? 아빠한테는 네가 금요일에 올 거라고 말했어. 그런데 오늘은 수요일이야."

"그건 걱정하지 않아도 돼! 난 여기 있지 않을 거니까. 밴쿠버로 갈 거야."

"왜?"

"친구 만나러."

"밴쿠버에 친구가 있어?"

"응."

"너, 밴쿠버에서 살았던 적 있어?"

"아니."

"그런데 어떻게 밴쿠버 친구를 사귀었어?"

"인터넷으로! 이제 됐어? 그냥 새 아빠한테 내가 너희 집에서 잔다고만 말해 주라."

"혹시 인터넷에 네 신상 정보를 올렸어?"

아빠가 알려 준 규칙이 생각나서 물었다. 나는 규칙을 좋아한다. 규칙은 발코니의 안전 난간 같은 것이다.

"뭐?"

"신상 정보는 네 이름하고 주소를 말하는 거야. 치과 진료 기록이 아니고."

"무슨 소리야! 나는…. 아니, 너는 그냥 내가 여기 있다고만 말해 주면 돼, 알겠어? 어쩌면 아무도 전화하지 않을지도 모르지만 말이야."

메건이 주먹을 꼭 쥐었다. 손톱에 까만 매니큐어가 칠해져 있었고, 오른쪽 손목이 빨갛게 부어 있었다.

"새 아빠가 전화할 거라고 네가 말해놓고선."

"앨리스, 제발 부탁이야! 내가 여기 있다고만 말해 줘, 응? 부탁이야."

부츠에서 나는 가죽 냄새가 너무 지독해서 나는 계단을 올라가 부엌으로 갔다. 메건이 나를 따라왔다. 나는 아무 양념 없는 감자 칩 봉지를 뜯어 그릇에 담았다. 소금과 식초 냄새가 나는 도리토스와 치지스, 프렌치 양파 칩과 나초는 싫으니까.

매콤한 맛이나 다른 맛이 나는 과자도 싫다.

거실 테이블에 감자 칩이 담긴 그릇을 놓았다. 메건은 소파에 앉지도, 간식을 먹지도 않은 채 그냥 벽난로 앞에

서 있었다.

“친구끼리는 돕는 거야.”

메건은 이렇게 말한 다음 나를 향해 손을 뻗치려고 하다가 그만두었다.

“앨리스, 제발 부탁이야. 새 아빠가 전화하지 않을 수도 있어. 하지만 혹시 또 모르는 거니까. 그냥 내가 밴쿠비 행 버스를 탈 때까지만 시간을 좀 끌어 줘.”

‘끌다’는 바닥에 댄 채로 잡아당긴다는 뜻이다. 손에 땀이 나기 시작했다. 문득 ‘끌다’에는 시간을 늦추거나 미룬다는 뜻도 있다는 게 생각났다.

또 있다. 짐승을 부린다는 뜻도 있다.

나는 뜻이 여러 개인 단어를 좋아하지 않는다.

어느새 몸이 흔들거리고 있었다.

메건이 욕설을 내뱉었다.

지금 우리는 하키 경기를 보고 있는 게 아니다. 응급 상황에 있는 것도 아니다.

나는 사람들이 욕하는 게 싫다. 그건 규칙 위반이다. 사람들이 규칙을 어기는 것도 싫어한다. 평소에는 없던 일이 생기는 것도 싫고, 발 냄새도 싫다.

나는 벽난로 주위의 타일을 셌다. 하나, 둘, 셋….

"도대체 왜 네가 날 도와 줄 거라고 기대했을까? 자기 앞가림도 못하고, 꿈속에서 사는 애한테 말이야."

그러고 나서 메건이 말을 덧붙였다.

"너는 너희 엄마가 돌아올 거라고 진짜로 믿지?"

열셋…, 열넷…, 열다섯….

"아니거든! 너희 엄마는 너랑 너희 아빠를 두고 떠난 거야, 완전히!"

열여섯…, 열일곱…, 열여덟….

"가 버렸다고! 다시는 돌아오지 않아!!"

가 버리다 더 이상 없다. 떠나다.

"아냐. 우리 엄마는 밴쿠버에 있어."

"그래서 네 엄마가 돌아올 거라고? 아니. 안 와. 아마 너희 엄마랑 아빠랑 싸웠을 걸."

"아냐. 우리 엄마, 아빠는 싸우지 않아."

그때 아빠가 전화로 엄마는 할머니, 할아버지를 돌봐 드리고, 자신은 나를 돌보게 해 달라고 말했던 게 기억이 났다.

"아니…, 전화로 싸운 적은 있지만."

"그럼 헤어진 거 맞네."

메건이 말을 이었다.

"어른들은 모두 거짓말쟁이야. 우리 엄마는 거짓말을 해. 엄마의 그 싸이코 남자 친구도 거짓말을 하고."

메건은 가로 세로 3미터인 황토색 거실 카펫 위를 서성거렸다. 터벅, 터벅, 터벅… 초조한 발걸음 소리가 일정한 간격으로 울렸다.

나는 '사이코' 남자친구가 무슨 뜻인지 알아보려고 사전을 꺼내 들었다.

"도대체 지금 뭐 하는 거야?"

"싸이코의 뜻을 찾아보려고."

메건이 웃기 시작했다. 사람들은 재미있는 걸 보면 웃는다. 나는 메건이 웃어서 기뻤다. 욕하는 것보다 훨씬 낫다. 그건 규칙 위반이니까.

메건이 갑자기 웃음을 뚝 그치더니 밖으로 뛰어나갔다. 계단을 달려 내려가는 발소리와 현관문 밖으로 나가는 소리가 들렸다.

문이 쾅 닫혔다.

1 2 3 4 5 6 7 8 9 10 11 12 13

여덟

"엄마는 돌아와?"

아빠는 막 체육관에서 돌아와 방 문 앞에 서 있었다.

"뭐라고?"

"엄마는 돌아와?"

"그럼, 물론이지. 할머니, 할아버지 집이 팔렸대. 이제 이삿짐 싸는 것만 끝내면 돌아올 거야."

"그게 언제야?"

"어?"

"언제 엄마가 돌아와?"

"곧 와. 너 스포츠 중계 몇 시에 시작하는지 알아?"

나는 어깨를 으쓱해 보였다.

아빠는 프로아이스하키 캐눅스 팀의 팬이다.

"너 뭐 좀 먹을래? 오는 길에 아이스크림 사 왔는데."

나는 고개를 저었다. 평소라면 아이스크림을 마다하지 않겠지만 지금은 그럴 기분이 아니었다.

얼마 뒤 거실에서 텔레비전 켜는 소리가 나고 응원 소리가 들렸다. 하키 경기가 시작된 모양이었다.

밴쿠버에 살 때 엄마, 아빠는 가끔 캐눅스 팀의 경기를 보러 하키 경기장에 갔었다. 나는 따라가지 않았다. 경기장이 너무 시끄럽고, 사람이 많아서 가기 싫었다. 매점에서 나는 냄새도 싫었다.

'어른들은 모두 거짓말쟁이야.'

메건이 한 말이 떠올랐다.

모두 몇몇이 아니라 전체 다

나는 방에서 나와 수도꼭지를 열었다. 컵에 물을 차는

동안 물방울이 튀었다. 나는 물을 마시고 거실로 갔다.

"그렇지!"

아빠가 텔레비전을 보며 소리쳤다. 화면에 캐눅스 팀이 득점하는 장면이 나오고 있었다.

"아빠도 거짓말을 해?"

"어?"

"아빠도 거짓말을 하냐고?"

"오늘은 질문이 다 왜 그러냐?"

"메건이 그러는데, 어른들은 모두 거짓말쟁이래."

"걔는 좀 문제 있어!"

아빠가 투덜거리고는 욕을 했다.

"아빠, 방금 욕했어."

"아, 그래, 그래, 미안."

"욕하는 건 규칙 위반이야."

그러고 보니 아빠는 낮에도 누군가와 통화하면서 욕을 했었다. 텔레비전에서 진홍색 꽃 자수 코트를 입은 스포츠 해설가가 중계하는 장면이 나오고 있었다. 나는 화면을 물끄러미 쳐다보면서 말했다.

"아까도 전화하면서 욕을 했어."

"뭐?"

"오늘 낮에…."

나는 아빠가 전화로 했던 말을 떠올리다가 그것 말고 다른 일도 있었다는 사실을 깨달았다.

"아빠는 거짓말도 했어."

"뭔 소리야?"

"나한테는 특수교육 프로그램이 필요 없다고, 내가 진단받은 적도 없다고 했잖아. 하지만 난 진단받은 적 있어. 아스퍼거 증후군이라고 진단받았어."

"앨리스, 잠깐만. 어른들은 때로는 그렇게 말해야 할 때가 있어. 그러니까… 그런 걸 꼭 거짓말이라고 할 수는 없어."

나는 텔레비전 화면에서 눈을 돌려 아빠를 쳐다보았다.

"누구야?"

"어?"

"누구랑 통화했어?"

"그게…."

"대답 못하는 거 보니 했네. 거짓말했어."

아빠가 당황하며 말했다.

"아니야. 네 서류가 누락됐기에 난 그냥 네가 아스퍼거 증구훈이라는 걸 굳이 학교에 알리지 않았을 뿐이야. 아빤 그게 너한테 좋다고 생각해서 그렇게 한 거야."

'누락(omission)'은 사전에서 '광물화하다(mineralize)' 뒤에 나오는 말이다. 그래서 아빠가 무슨 말을 하는지 잘 이해가 되지 않았다.

아빠가 머리카락을 쓸어 넘기며 말을 이었다.

"나는 그냥…, 음…, 그러니까 네 엄마는 매번 학교 선생님들한테 네가 여느 아이들과 다르다고 말했었잖아. 아빠는 이 동네로 이사 오면서 네가 학교생활을 새롭게 시작하기를 바랐어. 때마침 예전 학교에서 보낸 네 학생기록부가 아직 도착하지 않았더라고. 너도 나름 잘 지내고 있었고. 그래서 너한테 평범하게 지낼 기회를 주고 싶었던 거야."

"아니. 아빠는 거짓말을 했어."

하와이 해변에서 발밑에서 모래가 쓸려갈 때와 같은 기분이 들었다. 아니, 그보다도 기분이 더 나빴다. 해변뿐만 아니라 온 세상이 쓸려 내려가고 무너지고 사라지는 것 같았다.

나는 내 방으로 갔다.

"앨리스!"

대답 대신 쾅 소리 나게 문을 닫고 침대에 걸터앉았다.

메건이 옳았다.

어른들은 거짓말쟁이다.

어른들은 모두 거짓말쟁이다.

만약 아빠가 내 진단에 대해 거짓말을 했다면, 다른 일에 대해서도 거짓말을 했을지 모른다. 아니, 아빠가 한 말은 모두 거짓말이었는지 모른다. 어쩌면 수백 번, 수천 번, 수백만 번 거짓말했을지도 모른다. 한 번 거짓말을 하면 그 다음부터는 뭐든 거짓말이 가능해진다.

머리가 아팠다. 목도 따끔거리고, 눈도 욱신거렸다. 오르골 상자를 꺼내 뚜껑을 열고 발레리나들이 빙글빙글 돌면서 춤을 추는 모습을 지켜보았다.

이번에는 아무 소용없었다.

그래서 바닥에 머리를 쿵쿵 스물네 번 찧었다.

아빠가 내 방문을 두드렸다.

"앨리스!"

나는 침대 밑에 두었던 신발 상자를 끄집어내기 위해 몸을 앞으로 구부렸다. 상자 안에는 잘 닦아 윤이 나는 돌멩이 아흔세 개가 들어 있었다.

툭 하고 뭔가 떨어졌다. 아빠가 얼마 전 저녁 식사 때 건네 준 팸플릿이었다. 나는 그걸 주워 들고 제목을 읽었다. '인터넷 세상에서 자녀를 안전하게 보호하기'. 그 밑에는 '온라인에서 알게 된 사람을 실제로 만나는 일은 위험하다'는 문구가 쓰여 있었다. 또 다른 곳에는 '좋은 친구가 되어 주세요. 친구를 안전하게 지켜 주세요.'라는 문구도 적혀 있었다.

아빠가 적어도 이 문제에 대해서는 거짓말을 하지 않았다는 생각이 들었다.

팸플릿을 치우고 상자에서 모아 두었던 돌멩이 중 세 개를 꺼냈다. 그리고 손에 쥐고 달그락달그락 돌멩이 부딪치는 소리를 냈다.

"앨리스? 괜찮아?"

아빠가 걱정스러운 목소리로 물었다.

'어른들은 거짓말쟁이야…. 어른들은 거짓말쟁이야…. 어른들은 거짓말쟁이야….'

돌멩이 달그락거리는 소리가 나에게는 이렇게 말을 하는 것처럼 들렸다.

체육 시간에 달리기를 한 것처럼 숨이 가빠 왔다. 고막으로 콸콸 피가 솟구치는 것 같았다. 눈을 감고 돌멩이를 손가락 사이로 굴리며 수를 세었다.

하나…, 둘…, 셋….

'친구끼리는 돕는 거야. 친구끼리는 돕는 거야. 친구끼리는 돕는 거야. 친구끼리는 돕는 거야.'

그런데 나는… 돕지… 않았다.

내 손놀림이 점점 빨라졌다. 손바닥에서 땀이 나고 겨드랑이가 축축해졌다. 작년에 학교 음악회에서 봤던 아프리카 무용수의 북처럼 심장이 쿵쿵 울렸다.

'그럼 엄마 얘기는? 아빠는 거짓말을 했어. 아빠는 거

짓말쟁이야. 그렇다면 엄마가 온다는 이야기도 거짓말일 지 몰라.'

북소리가 점점 빨라지고 거칠어지더니 천둥처럼 우르릉거렸다. 그 소리가 '엄마', '친구', '거짓말'이란 낱말과 뒤죽박죽으로 엉켰다.

나는 손가락을 아플 정도로 세게 귓구멍을 막았다.

"앨리스!"

눈을 꽉 감았다. 아빠 목소리도, 북소리도, 아무것도 들리지 않도록 손가락을 더 세게 밀어 넣었다.

"아빠 좀 들어가게 해 줘!"

돌멩이를 던졌다. 상자 안에 있던 아흔세 개 전부 다. 폭탄 터지듯 요란한 소리를 내며 돌멩이가 문에 날아가 부딪쳤고, 따다닥 소리를 내며 방바닥에 흩어졌다.

아빠가 내 방에서 멀어지는 소리가 들렸다. 나는 아빠의 발소리를 세었다.

그때 깨달았다. 지금 내가 뭘 해야 하는지를.

1 2 3 4 5 6 7 8 **9** 10 11 12 13

아홉

버스 정류장에 도착하니 오전 7시 33분이었다.

하마터면 오지 못할 뻔했다. 방에서 뭉그적거리다 간신히 나온 뒤 현관 앞에서 또 머뭇거렸고, 그러고도 한참 동안 구석에 몸을 웅크리고 있었다. 차갑고 축축한 마당으로 나왔을 때는 거의 포기할 뻔했다.

하지만 그렇게 하지 않았다.

그 대신 주머니에 넣어 둔 돌멩이 아홉 개를 세면서 버스 터미널을 향해 걸었다.

버스 터미널에 도착할 때까지 자동차 마흔일곱 대와

집 마흔두 채, 소화전 아홉 개와 정지 표시판 두 개, 할인 간판 세 개를 세었다.

손에서 땀이 나고, 숨소리가 거칠어졌다. 심장이 너무 두근거려서 갈비뼈를 뚫고 나올 것만 같았다.

버스 터미널은 대합실이 하나였는데, 벽이 하얗고 바닥에는 타일이 깔려 있었고 한쪽 끝에 매표소가 있었다. 휑뎅그렁하고 조용한데다 냄새도 별로 나지 않았다.

"밴쿠버로 가니?"

매표소에 있는 아저씨가 물었다.

나는 고개만 끄덕이고 말은 하지 않았다. 아저씨는 낯선 사람이고, 나는 낯선 사람과는 이야기하면 안 되니까.

"편도니, 왕복이니?"

이 말의 뜻을 몰라서 어깨를 으쓱해 보였다.

"여기로 다시 돌아올 거야?"

나는 고개를 끄덕였다.

"그럼 왕복이야."

표를 샀다. 집에서 나올 때 한쪽 귀가 깨진 파란 돼지 저금통에 모아 둔 312달러 중에서 200달러를 꺼내 왔는데, 표 값으로 89달러를 내고 나니 111달러가 남았다.

나무 벤치에 앉아 자판기에 들어 있는 물건들을 세어 보았다. 초콜릿 바 세 개, 케첩 맛 과자 두 개, 소금 식초 맛 과자 세 개, 스마티스 초코볼 세 개, 엠앤엠즈 초코볼 다섯 개, 그리고 네 칸은 비어 있었다.

버스가 출발하기를 기다리는 동안 여섯 사람이 더 왔다. 다행히 말을 거는 사람은 아무도 없었다. 한 사람은 커피를 들고 있었는데, 추운지 두 손으로 컵을 움켜잡고 있었다. 나는 커피 냄새가 싫지 않다.

스피커에서 안내 방송이 흘러 나왔다. 대합실에는 매표소 아저씨까지 포함해 여덟 명밖에 없었는데도 소리가 무척 컸다.

"프린스 조지 행 버스가 곧 출발합니다."

자리에서 일어섰다. 이 버스를 타고 프린스 조지에 도착한 다음, 거기서 밴쿠버 행 버스로 갈아탈 예정이었다. 시계가 오전 7시 57분을 가리켰다. 대합실 밖으로 나오니 버스가 벌써 시동을 걸고 부릉거리고 있었다 공기 중에 디젤 엔진 기름 냄새가 가득해서 나는 냄새를 피하려고 코알라 인형 열쇠고리가 달린 지퍼 세 개짜리 파란색 배낭을 멘 몸집이 큰 여자 뒤로 얼른 몸을 숨겼다.

"어서 버스에 타거라."

회색 유니폼을 입은 버스 기사가 말했다.

대합실에서 봤던 여섯 사람(여자 넷에 남자 둘)은 버스에 올라탔지만, 나는 시계가 오전 8시 3분을 가리킬 때까지 기다렸다. 버스 기사가 버스 출입문 반대편으로 가더니 짐을 실었다. 버스 아래쪽 화물칸으로 짐을 던져 넣을 때마다 텅텅 소리가 울렸다.

"하루 종일 기다릴 거니?"

버스 기사가 출입문 쪽으로 가면서 물었다.

나는 고개를 저었다. '하루 종일'은 관용 표현이다. 나는 관용 표현을 좋아하지 않는다. 게다가 버스 기사는 낯선 사람이니까 말을 하면 안 된다. 그게 규칙이다. 나는 동그랗고 매끄러운 돌멩이를 만지작거렸다. 손가락 사이로 이리 저리 굴리면서 수를 세었다. 하나, 둘, 셋….

조심스럽게 버스에 올라 안쪽으로 들어갔다. 버스 안은 생각보다 따뜻했다. 인조가죽이 거의 다 벗겨진 학교 버스 의자와는 달리, 이 버스는 좌석마다 회색 다이아몬드 무늬가 있는 부드럽고 빨간 천 시트가 씌워져 있었다. 좌석에서 먼지가 많이 났지만 나쁜 냄새는 나지 않았다.

자리에 앉아 창에 머리를 기댔다. 딱딱하고 차가운 냉기가 느껴졌다. 엔진의 진동이 발밑에서부터 팔과 머리로 전해져 왔다. 나는 진동이 좋다.

버스 문이 닫히고, 버스 기사가 기어를 넣자, 버스가 덜컹거리며 출발했다. 터미널을 빠져나온 버스는 키티마트 거리의 신호등 두 개를 지나 언덕을 올랐다.

전에 말했듯이, 나는 감정을 잘 알아차리지 못한다. 겁이 나면 손바닥이 축축해지는데, 이건 다른 감정을 느낄 때도 그렇다. 버스가 더글러스 해협이 내려다보이는 구간을 지나 깃발이 가득한 상공회의소 광장과 공동묘지가 한눈에 보이는 구간을 지날 때 배 속에서 거품이 부글부글 차오르는 느낌이 들었다.

부디 멀미가 아니길 바랐다.

나뿐 아니라 차 안에 있는 누구도 멀미하지 않길 바랐다. 구토 냄새가 나면 몸을 흔들고 머리를 쾅쾅 찧고 싶어진다. 사람들은 구토보다 내 행동에 더 기겁할 것이다.

다행히 멀미하는 사람은 없었다. 말을 거는 사람도 없었다. 나는 나무만 가득한 창밖 풍경을 바라보며 부릉대는 버스 엔진의 진동을 느꼈다. 버스는 스키나 강을 따라 달렸다. 눈이 녹아 불어난 강이 이리저리 구불거리며 세차게 흐르고 있었다.

그러다 나는 잠이 들었다.

프린스 조지 버스 터미널은 악취가 진동했다. 감자튀김 냄새, 양파 냄새, 젖은 신발과 담배 냄새, 디젤 경유 냄새와 배기가스 냄새….

버스에서 내리는 순간 온갖 냄새가 코를 찔러서 나는 회색 콘크리트 도로 턱 위에 선 채로 그대로 굳어 버렸다. 사람들이 밀쳐댔고, 누군가는 욕을 했다. 아저씨들이 웃었고, 어떤 아이가 비명을 질렀다. 사람들이 말하고, 웃고, 소리쳤다.

"얘, 좀 비켜!"

내 뒤에서 어떤 사람이 소리쳤다.

등에 누군가의 손이 닿는 게 느껴졌다.

나는 내 몸에 누가 닿는 게 싫다.

사람들이 앞으로 움직이며 밀쳐 내는 바람에 활짝 열린 버스 문을 지나 터미널 안으로 밀려들어갔다. 거긴 상황이 더 나빴다. 대합실이 더 좁고 더 많이 붐볐다. 담배 냄새와 양파 냄새, 감자튀김 냄새도 더 고약했다. 희뿌연 형광등 때문에 눈이 따가웠고, 낮은 천정에서 튕겨 나온 소리가 나를 짓눌렀다.

대략 3미터 정도 떨어진 곳에 구석진 모퉁이가 보였다. 공기를 들이마시지 않도록 숨을 참으며 사람들 사이를 헤집고 나아갔다. 마침내 모퉁이에 이르렀고, 벽 모서리에 몸을 밀어 붙인 채 그대로 스르르 주저앉았다. 엉덩이에 리놀륨 바닥의 딱딱하고 차가운 감촉이 느껴졌다.

눈을 감았다. 몸이 흔들리고 머리가 벽에 쿵쿵 부딪쳤다. 심장이 쿵쾅쿵쾅 뛰었다.

하나…, 둘…, 셋…, 넷…, 다섯….

주머니 속에 든 돌을 만지작거려 달그락 달그락 계속 소리를 냈다.

여섯…, 일곱…, 여덟….

"얘, 괜찮니?"

"정신이 이상한 거 아냐?"

"왜 저러는 거야?"

"약 때문인가 봐."

"약물중독이구먼."

"아이고, 좀 도와줘야 하지 않을까?"

"어휴, 쳐다보지 마!"

"경찰 불러야 하지 않아?"

"구급차를 불러야 하나?"

사람들이 던지는 말들이 낱말과 문장으로 산산이 흩어져 내가 앉아 있는 자리로 쳐들어왔다. 눈을 질끈 감았다. 손가락으로 귀를 막고 흔들리는 몸을 구석으로 더 바싹 밀어 넣었다.

"약을 먹은 게 틀림없어."

수를 세려고 했지만 할 수 없었다. 소음, 사람들이 던지는 질문, 양파 냄새, 디젤 엔진 소리와 배기가스 냄새, 그리고 주위를 둘러싸고 있는 사람들….

"앨리스? 세상에! 너 여기서 뭐 하는 거야?"

너무 아득해서 처음에는 그게 무슨 소리인지 몰랐다. 잠시 후 간신히 실눈을 떠 보니 속눈썹 사이로 무언가 살짝 보였다.

기적이 일어나고 있었다.

홍해가 갈라지듯 사람들이 조용히 뒤로 물러서고, 그 사이로 메건이 성큼성큼 걸어오고 있었다. 부츠가 쿵쿵거리고 체인이 찰랑거렸다.

"앨리스, 밖으로 나가자."

나는 고개를 저었다.

"어서 일어나."

간신히 일어서자 메건이 내 손에 자기가 메고 있던 배낭의 끈을 쥐어 주었다.

"이거 꼭 잡고 내가 앞장설 테니까 따라와. 눈도 감고, 숨도 참고."

메건 말대로 눈을 꼭 감았다. 숨을 참으면서 가방 끈을 꽉 움켜잡았다. 그런 다음 앞장서 가는 메건의 뒤를 따라 이른 아침 온통 얼어붙은 프린스 조지의 적막한 거리로 나섰다.

숨을 들이마셨다. 차가운 공기에 목과 폐가 따끔거렸다. 눈을 뜨자 하얀 입김이 보였다.

얼마나 오래 길 위에 서 있었는지는 모르겠다. 메건은 옆에서 덜덜 떨고 있고 있었지만 나는 추운 줄도 몰랐다.

조금 지나자 주변이 보이기 시작했고, 그제야 우리가 군데군데 얼어붙어 버린 길가에 서 있다는 걸 알았다. 길 가장자리에는 지저분한 눈 더미가 쌓여 있었다. 맞은편에는 아직 문을 열지 않은 상점 여섯 개가 나란히 늘어서 있었다. 어떤 아저씨가 타이어 가게 창문을 닦고 있었고, 그 옆에 놓인 양동이 위로 김이 모락모락 올라왔다. 진열대에는 타이어 일곱 개가 놓여 있었다. 어디에서도 냄새는 나지 않았다.

"여기에 왜 왔어?"

메건의 물음에 나는 어깨를 으쓱했다.

"혹시… 너희 엄마에 대해서 내가 한 말 때문이야?"

메건의 이마에 주름이 졌다.

질문은 싫다. 답을 모르는 질문은 더 싫다. '지구가 둥글까?' 같은 질문은 괜찮다. 우주에서 찍은 사진을 봤기 때문에 지구가 초록색과 파란색이 섞인 크리스마스 공처럼 보인다는 걸 알고 있으니까.

그런데 내가 여기 왜 왔더라…?

"너희 부모님도 알고 계셔?"

메건이 물었다.

우리 엄마, 아빠는 아는 게 많다. 그래서 대답했다.

"우리 엄만 대학에서 사회복지학을 공부했어."

"아니, 그게 아니라 나에 대해서 말이야. 그러니까 너희 부모님이 내가 여기에 있는 거 아시냐고?"

"아니."

나는 아빠 앞으로 짧은 편지를 남기고 나왔는데, 편지엔 그냥 프린스 조지 행 버스를 탄다고만 썼다.

"그럼 너는? 여기 온다고 얘기하고 나온 거야?"

"아니. 얘기 안 했는데."

다행이라는 듯 메건이 후 하고 한숨을 내쉬었다.

"그런데 편지에는 쓰고 왔어."

메건이 욕을 했다.

"뭐? 이런 제길! 왜?"

"그게 규칙이니까."

"규칙! 그 놈의 규칙! 그 딴 거 좀 잊어 버리면 안 돼? 뭐라고 썼는데?"

"오전 8시에 출발하는 프린스 조지 행 버스를 탄다고 썼어."

"그러니까, 도대체 왜…?"

"나는 어디에 가는지 부모님한테 알려야 해."

"아니, 내 말은 왜 날 따라왔느냐고? 내가 탄 버스가 고장 나지 않았더라면 난 이미 밴쿠버 행 버스를 타고 있었을 거야. 여기에 없었을 거라고!"

다시 숨이 가빠졌다. 질문은 싫다. 몸이 흔들리기 시작했다.

"알았어, 됐어! 미안해. 대답하지 마."

메건이 돌아서서 몇 미터 쯤 앞으로 걸어가다가 다시 돌아왔다.

우리는 둘 다 아무 말도 하지 않았다. 타이어 가게 아저씨가 고무 롤러를 다섯 번 위아래로 움직이며 창문을 닦고 있었다. 그때 치직거리는 소리가 들리더니 터미널 안내 방송이 나왔다. 커다란 목소리가 탁 트인 아침 공기 속으로 울려 퍼졌다.

“밴쿠버 행 버스가 곧 출발합니다. 승객 여러분은 모두 승차하시기 바랍니다.”

1 2 3 4 5 6 7 8 9 **10** 11 12 13

"앨리스, 넌 돌아가."

"터미널은 냄새가 너무 많이 나서 싫은데."

"아니, 터미널 말고 키티마트로 돌아가라고."

나는 고개를 가로 저었다.

"아니, 왜? 너희 엄마 일은 전화로 물어봐도 되잖아."

"아니면 이메일을 보내도 돼."

나는 말보다 글을 더 잘 쓰기 때문에 이렇게 대답했다.

"그래, 그럼 되겠네. 틀림없이 너희 부모님이 걱정하고 계실 거야."

"친구끼리는 돕는 거야."

내가 말했다.

"뭐?"

"너는 칭찬스티커 때문에 나랑 놀아 주고 그러는 애가 아니야."

메건이 머리를 쓸어 넘기자 손에서 은빛 해골 반지가 반짝였다.

"뭐? 칭찬스티커?"

"너는 칭찬스티커 때문에 나랑 놀아 주고 그러는 애가 아니라고 말했어."

"그러니까 내가 너희 엄마에 대해 한 얘기 때문에 여기 온 게 아니라는 소리야? 그게 이유야? 날 도와주려고 왔다고?"

내 몸이 휘청거리기 시작했다.

"아빠가 그러는데…, 너한테… 문제가… 있대."

"너희 아빠야 그러시겠지."

"친구끼리는 돕는 거야."

"있잖아, 앨리스. 내가 먼저 너한테 도와 달라고 했던 건 알아. 그러지 말았어야 했는데 말이야. 하지만 지금은 괜찮아. 이제 됐어. 잘 지내고 있으니까 나 안 도와줘도 돼. 솔직히 나는 네가 집으로 돌아가 주면 좋겠어."

"친구를 안전하게 지켜 줘야 해."

"뭐?"

나는 아빠가 준 팸플릿을 꺼내 보여주었다. 메건이 힐끗 보더니 입꼬리가 위로 올라갔다. 감정 표정 차트에서 본 기쁜 얼굴 같았다.

"너 진짜 날 도와주려고 왔구나."

나는 팸플릿을 가리켰다.

"봤지? 인터넷에서 네 신상 정보를 알려 주는 건 위험한 일이야."

"그래, 네가 날 돕고 싶어 하다니 정말 고맙다. 하지만 이제 그럴 필요 없어. 난 로버트랑 수백 번도 더 얘길 나눴어. 그 사람은 내 얘기를 잘 들어줘. 걱정도 많이 해 주고. 날 두들겨 패지도 않아."

마지막 세 마디는 메건이 말을 너무 빨리 해서 잘 알아듣지 못했다.

메건이 팔짱을 끼었다. 바디 랭귀지라고 부르는 동작인데, 이건 화가 났거나 두렵다는 뜻이다.

아니면 추워서 그러거나.

나는 메건이 추워서 그런 거라고 생각했다.

"다시 한 번 알려드립니다. 밴쿠버로 가는 승객 여러분은 모두 승차하시기 바랍니다."

메건이 나를 향해 돌아섰다.

"넌 여기 있어. 좀 있으면 키티마트로 가는 버스가 올 거야. 어쩌면 너희 아빠가 널 찾으려고 터미널에 나와 있을지도 몰라."

나는 또 고개를 가로 저었다.

메건은 무슨 말을 더 하려는 듯 입을 벌리다가 이내 고개를 저으며 그만두었다.

한참 후에 메건이 입을 열었다.

"… 처음이야."

"응?"

메건이 크게 소리내며 웃었다.

"여태껏 나를 걱정하고 지켜주려고 하는 사람은 아무

도 없었어. 다들….”

메건이 말끝을 흐렸다. 아주 잠깐 동안 우리 둘 다 말 없이 서 있었다. 버스 엔진 소리가 들렸다.

“어서 가자. 이러다가는 우리 둘 다 버스 놓치겠어.”

밴쿠버 행 버스는 363번이었다. 사람이 좀 더 붐비는 것만 빼면 키티마트에서 타고 온 버스와 똑같았다. 나는 메건 옆에 앉았다. 그 편이 냄새가 날지도 모르는 낯선 사람 옆에 앉는 것보다 훨씬 나았다. 게다가 나는 낯선 사람하고 이야기하면 안 된다.

창밖으로 소와 말과 풀밭이 펼쳐진 풍경이 드문드문 지나갔다. 소와 말을 차창 밖으로 보는 건 아무렇지도 않다. 냄새가 나지 않으니까. 동물들이 가까이 있으면 냄새가 나서 싫다.

아주 오래 전에 엄마, 아빠랑 밴쿠버 스탠리 공원에 있는 어린이 동물원에 갔을 때 나는 비명을 질렀었다.

버스가 프레이저 강 협곡에 이르자 거기서부터는 도로가 협곡 가장자리에 바싹 붙어서 구불구불하게 이어졌다. 아래를 내려다보면 급류가 하얀 거품을 일으키며 흘러가고 있었고, 협곡 너머로는 은빛 철로가 굽이굽이 뻗어 있었다. 산을 깎아 도로를 냈는지 어떤 곳에는 산에서 돌이 굴러 떨어지는 걸 막기 위해 민둥한 바위에 철망을 덧대어 놓았다. 산을 뚫고 단단한 바위에 구멍을 내어 만든 터널도 여기저기 나타났다.

터널을 세어 보니 모두 일곱 개였다.

버스는 협곡을 지나 '호프'라고 불리는 곳에 잠시 정차했다. 이곳은 옛날 브리티시컬럼비아가 금광을 찾아 나선 사람들로 붐비던 시절, 희망에 찬 광부들이 프레이저 협곡을 지나기 전에 머물던 작은 마을이다. 통계적으로는 이곳에 왔다가 죽은 사람들이 더 많았지만, 광부들은 금광 찾기를 바라는 마음이 더 간절했나 보다.

호프를 지나고 고속도로가 붐비기 시작하자 나는 눈을 감았다. 나를 자극하는 게 너무 많았다. 자동차들이 줄줄이 이어 서고, 빌딩과 불빛이 너무 복잡했다. 사람도 넘쳐 나고, 버스도 너무 많았다. 당장 주머니에 든 돌멩이 아홉 개를 세면서 오르골 상자와 빙글빙글 도는 발레리나들이 있는 내 방으로 돌아가고 싶었다.

★

밴쿠버 버스 터미널은 프린스 조지 터미널보다 훨씬 좋았다. 우선 냄새가 나지 않았다. 천정이 높고 바닥에는 타일이 깔려 있었으며 널찍한데다 바람도 잘 통했다.

"여기 마음에 든다."

메건이 나를 쳐다보며 말했다.

"그냥 버스 터미널이야."

우리는 대합실을 가로질러 걸었다. 바닥이 마치 대리석처럼 매끈매끈하고 빤짝거렸다.

"너, 엄마 집 주소 알아?"

메건이 물었다.

"할아버지 댁 주소는 알아."

"택시 타면 갈 수 있어? 돈은 충분해?"

"얼마나 필요한데?"

메건은 어깨를 으쓱했다.

"나도 모르지."

"나한테 111달러 있어."

"그 정도면 충분해."

그런 다음 나는 팸플릿에서 본 문구를 읊었다.

"인터넷으로 알게 된 사람을 만나는 것은 안전하지 않습니다. 애초에 만나지 않는 편이 가장 좋지만, 만나야만 할 경우라면 반드시 공공장소에서 만나고 친구와 꼭 함께 가세요."

"뭐야? 그걸 다 외웠어?"

내가 팸플릿을 꺼내자, 메건이 가져가서 페이지를 대충 넘겨보고는 다시 돌려주었다.

"이걸 곧이곧대로 믿지 않아도 돼. 그건 미련한 짓이야. 너처럼 꼬맹이들한테나 해당되는 얘기라고. 난 성격이 드세니까 괜찮아. 내 앞가림은 내가 알아서 해."

아빠도 메건이 드세어 보인다고 말했었다.

나는 아무 말도 하지 않았다. 메건도 말없이 까만 손톱으로 엄지손가락에 붙은 손거스러미를 뜯어댔다.

한참 후에 메건이 입을 열었다.

"있잖아…, 우린 공공장소에서 만날 거야. 스타벅스에서 만나기로 했거든. 거기도 사람 많아. 그러니까 이제 너희 엄마 집으로 가, 제발."

"그 집은 엄마 집 아니야, 할아버지, 할머니 집이지."

여기까지 말하다가 문득 집이 팔렸다고 아빠가 말한 게 생각나서 얼른 고쳐 말했다.

"아니, 할아버지, 할머니 집이었어."

아빠가 거짓말한 게 아니라면 집이 팔렸을 것이다.

"아무튼 넌 거기로 가. 나중에 내가 전화할게. 이제 기쁘지?"

나는 기쁘지 않았다. 왜냐하면 나는 감정을 잘 알아차리지 못해서 내가 기쁜지 아닌지 잘 모른다. 게다가 지금은 혼란스러워서 머리를 찧고 싶었다. 이건 기쁜 것과는 정반대이다.

"그냥 가. 내 친구 만나는 데 널 데려가고 싶지 않아. 내가 우스워 보일 거야."

'우습다'는 말은 재미있어서 웃음이 난다는 뜻도 있지만, 보잘것없고 나약하고 부족하다는 뜻도 있다. 메건은 두 번째 뜻으로 말했을 것이다.

"친구 간에도 거리가 필요한 법이야."

나는 그 즉시 메건에게서 몇 걸음 뒤로 물러섰다.

"아니, 내 말은 그런 뜻이 아니라…"

말을 하다 말고 메건이 어깨를 으쓱했다.

"어쨌든 나가서 택시를 잡자."

메건이 배낭을 어깨에 메고 앞장섰다. 걸을 때마다 바닥에 메건의 신발 굽 부딪치는 소리가 또각또각 울렸다.

밖으로 나가자 거리에 온갖 색과 냄새와 소리가 가득했다. 빌딩, 자동차, 가로등 불빛, 스카이 트레인, 오고 가는 사람들, 맥도날드의 노란 눈썹 모양 간판, 과학 전시관의 커다란 돔, 경적 소리, 오토바이 엔진 소리, 배기가스 냄새….

내 숨소리가 점점 거칠어졌다.

나는 눈으로 보는 것보다 훨씬 많은 걸 느낀다. 길거리뿐만 아니라 표지판, 자동차, 버스, 나무, 가로등, 신호등,

전봇대, 전선, 전봇대 위에 앉은 까마귀 세 마리까지 알아챈다. 버스 정류장뿐 아니라 벽에 붙은 치약 광고판과 하얀 이 일곱 개에 그려진 낙서까지도 본다.

게다가 낙서는 무례하다. 규칙에 어긋난다. 몸을 흔들고 머리를 쿵쿵 찧고 싶게 만든다.

"발밑을 봐. 구슬을 세."

메건 말대로 손끝으로 매끈매끈한 구슬 표면을 만지며 걸었다. 곧 찻길에 다다랐다.

"할아버지 댁 주소가 뭐야?

"앵거스 가 5900번지."

대기 중이던 택시에서 기사가 내렸다. 낯선 사람이다. 기사가 신고 있는 하얀 운동화가 눈에 들어왔다.

"저기, 얘 좀 앵거스 가 5900번지로 태워다 주세요."

메건이 택시 기사에게 설명하는 동안 나는 아무 말 없이 따뜻해진 구슬만 계속 문질러댔다.

"그래, 어서 타렴."

택시 기사의 말을 듣자마자 내 심장이 아주 빨리 뛰었다. 목도 꽉 막힌 것 같았고, 손바닥이 땀에 젖어 축축해졌다. 등에 메건의 손이 닿는 게 느껴졌다.

날 만지는 게 싫어서 나는 몸을 빼며 택시 뒷자리에 올라탔다. 문이 쾅 닫히고 택시가 출발했다. 차 안에서 틱틱틱 하고 소리가 났다.

방향 지시등 소리였다.

엉덩이 밑에 깔린 자동차 시트가 땀 때문에 끈적였다. 난 땀이 싫다.

차 안에서 퀴퀴한 냄새가 났다.

택시가 빙 돌아 큰 길로 들어서자 나는 내 손을 내려다보았다. 손바닥을 펴서 허벅지에 대고 누르니 청바지에 손가락 개수만큼 자국이 움푹 파였다.

"잠깐 놀러 온 거니?"

택시 기사가 물었다.

머리를 찧고 싶었다. 하지만 그러면 안 된다는 걸 알고 있다. 그러면 택시 기사가 놀라서 나를 쳐다보고, 만지고, 붙들 테니까.

수를 세려고 애를 썼다.

도무지 셀 수가 없었다. 모든 게 너무 빨리 지나갔다.

빌딩, 발코니, 창문, 거리의 표지판, 양보 표지판, 주차 금지 문구, 정지 표지판, 자동차와 버스와 택시들, 오토바이, 자전거, 배달 트럭, 나무, 전신주, 주차 요금 징수기, 가로등, 신호등, 전봇대, 보행자들….

그때 메건이 보였다.

메건이 어깨에 배낭을 메고 횡단보도 앞에 서 있었다.

나는 규칙을 깨기로 했다.

1 2 3 4 5 6 7 8 9 10 **11** 12 13

열하나

나는 택시에서 내렸다. 그러고 싶었던 것도 아니고, 그럴 필요가 있는 것도 아니었다. 그냥 충동이었다.

충동은 어떤 행동을 하고 싶은 욕구를 느끼게 하는 마음속 자극으로, 특히 무의식적으로 일어나는 욕망을 말한다.

내 의지와 관계없이 내 손이 자동차 문 손잡이를 잡아 당겼다.

문이 열리면서 손잡이가 내 손에서 비틀어지며 빠져나갔다. 차가운 공기가 훅 밀려 들어오면서 내 몸이 택시

좌석 반대쪽으로 젖혀졌다.

택시 기사가 욕을 뱉었다. 급히 방향을 틀더니 보도 쪽에 차를 세웠다. 그 바람에 나는 아스팔트 바닥으로 굴러 떨어졌고 손이 까졌다. 뒤에서 택시 기사가 화내며 고함치는 소리가 들렸다. 잠시 동안 숨을 쉴 수가 없었다.

자리에서 일어서자 옆에서 온갖 차량들이 빵빵댔다. 불어오는 바람에 몸에 옷이 휘감겨서 숨이 막혔다.

택시는 굉음을 내며 가 버렸다.

나는 인도 위로 올라갔다.

메건은 없었다.

다리가 후들거렸다. 근처에 있는 회색 벽돌 빌딩으로 가서 딱딱하고 차가운 콘크리트 벽에 몸을 기댄 채 그대로 보도 위에 주저앉았다.

눈을 감았다.

목걸이 구슬을 세 번 세었다. 그러고 나서 세 번 더 세었다. 한참 뒤 눈을 떠 보니 횡단보도가 꽤 가까운 곳에 있었다. 내 왼쪽에는 모자를 푹 눌러 쓴 한 남자가 벽에 기대어 앉아 있었다. 그 사람도 나처럼 아스퍼거 증후군이 있어서 벽을 좋아하는지 궁금했다.

키티마트에는 신호등이 두 개밖에 없지만, 나는 밴쿠버에서 13년 하고도 26일을 살았기 때문에 교차로와 신호등에 익숙했다.

신호등과 교차로는 규칙이 있어서 아무렇지도 않다. 작고 하얀 불빛의 남자가 보이면 길을 건널 수 있다는 뜻이고, 빨간 손이 나타나면 건널 수 없다는 뜻이라는 걸 알 수 있어서 좋다.

일어나서 주위를 둘러보니 길 건너편에 스타벅스가 있었다. 메건이 거기서 친구를 만난다고 했던 게 생각났다. 교차로로 걸어가 작은 남자 그림에 하얀 불이 들어오기를 기다렸다. 도로로 한 발 내딛은 다음에는 발걸음 수를 세며 걸었다. 하나, 둘, 셋…. 길을 다 건널 때까지 신고 있던 때 묻은 내 하얀 운동화에서 눈을 떼지 않았다.

스타벅스 출입문이 휙 열릴 때마다 커피 냄새가 풍겨 나왔다. 커피 냄새는 괜찮다. 냄새가 강하지만 싫지 않다.

나는 숨을 깊이 들이마신 다음 출입문을 밀었다.

따뜻한 실내로 들어서니 카운터 뒤에 여자 점원 두 명이 서 있는 게 보였다. 어린 점원은 치아 교정기를 끼었는데, 그 모습을 보니 메리 엘라가 떠올랐다. 메리 엘라는 전에 다녔던 학교 학생인데, 치아 교정기에 보라색 고무줄을 끼고 있었다. 어린 점원은 노르스름한 하얀 고무줄을 끼었고, 이마에 여드름이 두 개 돋아 있었다.

다른 점원은 검은 머리에 안경을 쓰고 코걸이를 했다. 나이 든 아줌마였다. 그 점원 너머로 칠판에 분홍색 분필로 가격을 쓴 메뉴판이 보였다. 카운터 앞쪽에는 간식거리들이 진열되어 있었다. 당밀 쿠키 두 개, 크랜베리 스콘 일곱 개, 저지방 크럼블 여섯 개, 브라우니 일곱 개.

"주문하시겠어요?"

치아 교정기를 한 이마에 여드름이 난 어린 점원이 물었다. 금발에 터키석이 세 개 달린 귀걸이를 왼쪽 귀에만 하고 있었다.

메건이 여기 왔는지 묻고 싶었지만, 두 점원 모두 낯선 사람이어서 도로 나갈 작정으로 발길을 돌렸다.

그때 메건의 뒤통수가 보였다.

사실 이건 추측이다(추측은 가정 또는 가설이라는 뜻이다). 그 여자가 메건이라고 추측한 이유는 첫째로, 머리카락이 검고 길었고, 둘째, 메건이 스타벅스에 간다고 말했기 때문이다. 게다가 의자 등받이에 인조 다이아몬드 해골 장식이 있는 검은색 가죽 재킷이 걸려 있었다.

메건으로 추측되는 여자는 앞에 앉은 남자 쪽으로 몸을 기울이고 있었다. 남자가 내 쪽을 보고 앉아 있어서 꽤 자세히 볼 수 있었다. 남자는 검은 티셔츠에 검은 가죽조끼를 입고 두 줄짜리 금색 목걸이를 목에 두르고 있었다. 티셔츠의 목둘레선 밖으로 희끗한 털이 삐져나와 있었고, 왼쪽 팔뚝에는 닻 모양의 문신이 일그러져 있었다.

남자가 누렇고 삐뚤빼뚤한 이를 드러내며 웃었다.

"메건?"

내가 이름을 부르자, 메건으로 추측되는 여자가 주위를 둘러보았다.

메건이 맞았다.

"앨리스? 너 택시 타고 갔잖아!"

"그게, 그러니까⋯."

마땅한 대답을 찾으려 했다. 하고 싶은 말을 글로 쓸 수 있을 만큼 잘 알고 있는데도 머릿속에서 단어들이 피라미처럼 요리조리 춤을 추며 빠져나갔다. 심장이 쿵쿵쿵 두방망이질하는 소리가 들렸다.

"수를 세."

메건이 하라는 대로 주머니에 손을 넣어 돌멩이와 매끈거리는 목걸이 구슬을 이리 저리 굴렸다. 그리고 발밑을 보면서 바닥에 깔린 다홍색 타일을 세려고 안간힘을 썼다.

남자가 메건에게 물었다.

"쟤, 왜 저러는 거야?"

"곧 괜찮아질 거예요."

남자가 욕을 했다. 그러자 폐가 풍선처럼 부풀어 갈비뼈를 뚫고 터져 나올 것만 같았다.

"욕하지 마세요. 그러면 더 심해져요."

메건이 말렸지만 남자는 또 욕을 뱉었다.

"내가⋯, 너⋯, 너⋯."

어떻게든 하려던 말을 꺼내려고 애를 썼다.

"별 미친 애를 다 보겠네! 뭐 해, 자기야. 나가자."

남자가 일어서며 메건의 손을 잡았다. 금팔찌를 찬 오른쪽 팔뚝에 왼쪽 팔뚝에 닻 문신을 한 것처럼 뱀 문신이 새겨져 있었다. 손가락 마디마다 가늘고 검은 털이 숭숭 나 있었다.

메건이 남자를 따라 일어섰다. 얼굴이 벌겋게 달아올라 있었다.

"나는…, 아, 모르겠어요. 어떻게 해야 할지…."

"여기 밴쿠버는 끝내주는 도시야. 너도 금방 좋아하게 될 걸. 저런 이상한 애한테 발목 잡히지 마."

"내가 정말 여기서 일을 구할 수 있을까요?"

"그야 당연하지!"

메건이 스타벅스에서 일하고 싶어 하는 줄은 몰랐다. 나라면 낯선 사람과 이야기해야 하는 스타벅스에서는 일할 수 없을 텐데. 또 커피 냄새를 좋아한다고 해도 하루 종일 맡고 싶지는 않다.

"난 도시에서 살고 싶어요."

"메건, 너는 젊어. 그거면 충분해. 이 밴쿠버가 너한테 딱이라고. 넌 독립할 수 있어. 이제부터 '나만의 인생'을 사는 거야!"

"나도 그러고 싶어요."

남자가 메건에게 손을 내밀고는 한 글자씩 또박또박 천천히 말했다.

"가자, 후회하지 않을 거야."

"안 돼!"

내 입에서 이 말이 큰 소리로 터져 나왔다.

"앨리스, 넌 괜찮을 거야. 내가 다른 택시 잡아 줄게."

"안 돼! 너는… 가야 해… 나랑 같이…."

어렵게 말을 잇는 동안 남자가 끼어들었다.

"그럴 일은 없을 걸!"

나는 얼굴을 돌리고 입을 다물었다. 저 사람은 낯선 사람이다. 낯선 사람하고는 이야기하면 안 된다.

"나 좀 봐, 앨리스. 택시 타면 할아버지 댁으로 갈 수 있어. 네 엄마도 볼 수 있고. 집으로 가. 난 괜찮아. 나는 여기서 살 거야."

"스타벅스에서?"

남자가 웃었다.

"아니, 밴쿠버에서. 나는 로버트랑 같이 살 거야."

"왜?"

"로버트가 그렇게 해도 된다고 했어. 일자리 구하는 것도 도와준대."

대답할 말이 떠오르지 않았다. 그렇지만 아이들은 가족이랑 살아야 한다. 엄마나 아빠, 할아버지, 할머니, 혹은 위탁 부모와 함께 살아야 한다. 하다 못해 삼촌이나 숙모, 형이랑 살아야 한다. 이건 그냥 규칙 같은 거다. 책에서 이런 규칙이 있다는 말을 본 적은 없지만 그렇다.

"하지만 저 사람은 가족이 아니야."

메건은 마치 내가 농담이라도 한 것처럼 크게 웃었다.

"나는 가족을 그렇게 좋아하는 편이 아니야!"

"하지만…."

더는 할 말이 없었다.

두통이 나고 속이 울렁거렸다. 스타벅스 안의 소음과 냄새가 더 심해진 것도 아닌데 그랬다. 머리가 빙빙 돌고

맥박이 빨라져서 주먹을 꼭 쥐었다.

"이런, 미친!"

남자 입에서 담배 냄새가 났다. 그리고 커피 냄새도.

"너무 가까이 다가가지 말아요!"

"네가 무슨 상관이야!"

남자가 메건의 경고를 무시하고 내 어깨를 꽉 잡았다. 힘이 세서 손가락 하나하나가 내 어깨를 파고들었다. 남자가 자기 얼굴을 내 앞으로 바싹 들이밀자 콧방울에 선 붉은 핏줄과 면도를 하지 않은 까칠한 회색 수염, 심지어 땀구멍까지 보였다.

그러고 나서 아무것도 보이지 않았다.

★

"구급차 부를까요?"

"물을 먹여야 하는 거 아냐?"

"저 여자 왜 저래?"

멀리서 희미하게 수군거리는 소리가 들렸다.

그 가운데 메건의 목소리가 크고 또렷하게 들렸다.

“다들 조용히 하고 물러나요.”

“얘, 구급차 안 불러도 되니?”

누군가 메건에게 묻자, 남자가 끼어들었다.

“네, 그렇게들 해 주십쇼. 우리는 여기서 나갈 테니.”

“앨리스를 이대로 두고 갈 순 없어요.”

“메건, 걘 그냥 잊어 버려.”

간신히 눈꺼풀을 들어 살펴보니 내가 차갑고 빨간 타일 바닥에 몸을 잔뜩 웅크린 채 누워 있었다. 눈앞에 남자의 카우보이 부츠가 보였다. 닳아 해진 갈색 부츠는 굽이 두툼하고 앞코가 뾰족하게 올라가 있었다.

남자의 목소리가 들렸다.

“더는 못 기다려.”

앞코가 뾰족하게 들리고 닳아 해진 갈색 부츠가 문 쪽을 향해 발걸음을 옮겼다. 낯익은 메건의 까만 부츠가 그 뒤를 따랐다. 또각, 또각, 또각…. 나는 메건의 발걸음 수를 세면서 차갑고 단단한 바닥에 몸을 더 꽉 밀어붙였다.

“저기, 로버트. 나는….”

메건의 발걸음 소리가 멈췄다.

"뭐 해. 어서 가자. 너의 미래가 저 밖에 있어."

남자가 출입문을 잡아당겨 열자 시끄러운 자동차 소리가 갑자기 밀려들었다.

"자, 이제 나갈까?"

메건이 머리를 쓸어 넘기는 것 같았다.

이윽고 메건이 속삭이는 소리가 들렸다.

"앨리스, 나 가고 싶어. 진짜 가고 싶어. 미안해."

그리고 문이 닫혔다.

★

"제가 구급차 부를게요."

여드름 난 점원이 말했다.

"싫어요!"

나는 구석으로 몸을 더 깊이 밀어 넣었다. 구급차는 싫다. 사이렌 소리도 싫다.

"어쩌죠? 점점 심해지는 것 같은데."

어린 점원이 겁을 집어 먹고 한 걸음 뒤로 물러서자, 나이 든 점원이 다가왔다. 신발을 찍찍 끄는 소리가 났다. 실눈을 떠 보니 눈앞에 하얀 신발이 보였다.

"얘야, 우리가 누구한테 전화하면 될지 말해 줄래?"

"메건…."

"네 친구 말이니? 그 아이는 아까 갔어. 걱정하지 마. 자기 앞가림은 잘할 아이처럼 보이더라."

'자기 앞가림'의 말뜻을 몰라서 무슨 말인지 이해할 수가 없었다. 또 내가 자기 앞가림을 잘하는 사람인지도 궁금했다.

여드름 난 점원이 물을 가져오자, 나이 든 점원이 물컵을 건네받아 내 근처에 놓았다.

"물 좀 마시고 누구한테 전화해야 하는지 말해 주렴. 나도 경찰에 전화하고 싶지는 않아."

경찰?

경찰은 제복을 입는다. 또 사람들이 규칙을 따르도록 만든다. 이 두 가지 점에서 나는 경찰이 싫지 않다. 다만 7년 전 길을 잃어 경찰차에 탔을 때 차 안에서 구토 냄새가 났었던 일을 잊을 수만 있다면 말이다.

좋지 않은 기억이 또 있다. 그때 나는 집에 가고 싶었는데, 경찰은 나를 경찰서로 데리고 갔다.

경찰서에서도 냄새가 났다. 땀 냄새와 커피 냄새가 낡은 건물의 먼지 냄새와 뒤섞여 있었다.

나는 일어나서 매장 출입문을 향해 걸어갔다.

“안 돼, 안 돼. 앉아!”

나이 든 점원이 내 팔을 붙잡았다.

“이거 놔요!”

나는 누가 내 몸에 닿는 게 싫다.

다시 심장이 뛰고 이마에 식은땀이 났다.

나이 든 점원이 다시 나를 붙잡았다. 손이 내 등에 닿았다. 향수 냄새도 났다. 나는 향수 냄새가 싫다. 나를 만지는 것도 싫다. 경찰한테 전화하려는 것도 싫다. 구토 냄새 나는 경찰차에 타는 것도 싫다.

그때 누군가 나를 불렀다.

“앨리스!”

돌아보니 메건이 내 뒤쪽, 매장 뒷문에서 조금 떨어진

곳에 서 있었다. 나는 매장에 뒷문이 있는 줄도 몰랐다.

"돌아왔네."

"응."

메건은 입꼬리가 축 처져 있었고, 눈에 바른 마스카라가 번져 있었다.

"바…, 반가워."

나는 그대로 털썩 주저앉았다. 마치 무릎에 족쇄를 채운 것 같았다.

"얘는 정상이 아니야."

나이 든 점원이 메건에게 하소연했다.

"네가 좀 챙겨 줄 수 있겠니? 아니면 내가 경찰을 부를게."

"괜찮아요. 내버려 두세요. 그리고 경찰 얘기는 좀 그만하세요."

메건의 말뜻을 알아들은 게 분명했다. 그 점원의 하얀 신발이 찍찍 소리를 내면서 시야에서 사라졌다.

메건이 내 옆으로 다가와 벽에 기대고 주르르 내려앉았다. 우리는 타일 바닥에 나란히 앉았다.

"경찰은? 온대?"

"아니. 안 와."

우리는 말없이 앉아 있었다. 한참 뒤에 메건의 친구가 보이지 않는다는 걸 깨달았다.

"그 사람은 어디 있어? 네 친구 말이야?"

"가 버렸어."

"… 그래서 슬퍼?"

메건의 축 처진 입꼬리가 예전 담임선생님이 준 감정 차트에 있던 슬픈 표정처럼 보였다.

"흠. 그 사람, 완전 루저 맞아. 인정해."

루저는 속어다. 예전에 웹스터 뉴월드 사전에서 찾아본 루저의 뜻이 기억났다.

"실패하고, 쓸모없고, 한물 간 사람."

"그만해. 그래도 날 키티마트에서 빼내 준 사람이야. 탈출하게 해 줬다고."

탈출의 뜻은 '도망치다', '달아나다', '탈옥하다'이다. 죄수들은 탈출한다. 전쟁 포로들도 탈출한다. 내 햄스터도 탈출했다. 메건은 햄스터도 아니고, 군인이나 범죄자도 아니다.

"너 체포됐어?"

"뭐?"

"그래서 탈출하려는 거 아냐? 누가 널 감옥에 보낸대?"

"난 이미 감옥에 있어."

메건의 입술이 일그러졌다.

"넌 스타벅스에 있어."

"아니. 나는 늘 감옥에 있었어."

"감옥에서 학교를 보내준다고?"

"그래. 감옥에서 날 학교에 보내줬어."

또 침묵이 이어졌다. 한참 뒤에 메건이 입을 열었다.

"어쨌든, 음, 고마워."

"뭐가?"

"친구가 되어 줘서. 난 친구가 하나도 없었거든."

이 말은 놀라웠다. 메건은 아스퍼거 증후군도 아니고, 흔히 말하는 사회 능력도 있는데 친구가 하나도 없다니. 게다가 페이스북에 친구가 201명이나 있는데 말이다.

다시 침묵이 흘렀다. 손님들이 들락날락하고 벨소리

가 딩딩 울렸다. 카운터 뒤에는 여드름 난 점원과 찍찍거리는 신발을 신은 나이 든 점원이 서 있었다. 에스프레소 머신에서 쉬익 쉬익 소리가 났고, 가끔씩 나이 든 점원이 우리를 쳐다보았다.

메건이 일어서며 말했다.

"가자. 저 늙은 암소가 또 기겁하기 전에 너희 할아버지 댁으로 너를 데려다 주는 게 좋겠어."

암소는 속어다. 지금은 하얀 신발을 찍찍 끄는 점원을 가리킨다.

나이 든 점원이 카운터에 기대 선 채 메건에게 물었다.

"정말 쟤랑 같이 가도 괜찮겠니?"

"네, 괜찮아요."

"뭐, 본인들이 더 잘 알겠지."

그 점원은 어쩔 수 없다는 듯 어깨를 으쓱했다.

밖으로 나오니 차들이 달리고 있었다. 엔진 소리가 끊임없이 이어져서 마치 커다란 고양이가 가르랑대거나 선풍기 수백 대가 돌아가는 듯했다. 나는 맞은편에 있는 건물의 층수를 세었다.

32층이다. 아니, 최소한 창문은 서른두 줄 이상이다.

좋은 숫자가 아니다.

택시 한 대가 우리 앞에 섰다. 차 옆문에 '블루버드 택시'라고 쓴 이름이 보였다. 차에 올라타자 비닐 시트가 삐걱거리고 퀴퀴한 담배 냄새가 코를 찔렀다. 나는 신음 소리를 냈다.

"마스크 껴."

메건이 시키는 대로 나는 마스크를 꺼내 얼굴에 쓰고 손으로 꾹 눌렀다.

"앵거스 가 5900번지로 가 주세요."

마스크에서 종이 냄새가 났다. 땀이 나서 머리카락이 끈적거리고 축축해진 티셔츠가 등에 달라 붙었다.

나는 한 손으로는 마스크를 누르고 다른 한 손으로는 주머니 속에 든 구슬을 만지작거렸다.

창밖으로 도시가 휙휙 지나갔다. 네온사인, 자동차 헤드라이트, 상점 창문, 우산을 쓴 보행자들, 버스, 오토바이, 자전거….

"눈을 감고 수를 세."

메건의 말에 나는 119까지 세었다.

"좀 나아?"

내가 고개를 끄덕이며 말했다.

"너, 어떻게 이런 걸 알아?"

"뭐를?"

"나 돕는 방법 말이야."

"우리 엄마 때문에."

"너희 엄마도 아스퍼거 증후군이야?"

"아니."

메건이 잠시 말을 멈추었다. 손가락으로 재킷을 문질러서 옷감이 쓸리는 소리가 사각사각 났다.

"우리 엄마는 환각 증세가 있어."

"조현병이셔?"

전에 말했듯이, 나는 이런 용어를 잘 안다. 다른 아이들이 색깔과 모양에 관한 용어를 잘 아는 것처럼.

"필로폰 중독이야."

"필로폰이 뭐야?"

"마약."

"마약이 조현병을 일으키나?"

"글쎄…, 엄마는 마약을 하면 거미가 보인대."

"나는 벌레는 상관없어. 냄새나지 않으니까."

"엄마는 벌레가 싫대."

그 뒤로 또 침묵이 이어졌다. 차 안에는 틱, 틱, 틱 하고 택시미터기 숫자 올라가는 소리만 들렸다. 틱, 틱, 틱 하는 소리에 웬지 마음이 편안해졌다.

1 2 3 4 5 6 7 8 9 10 11 **12** 13

열둘

23분 뒤, 우리가 탄 차가 앵거스 가에 들어섰다. 택시는 나뭇가지만 앙상하게 남은 단풍나무가 늘어선 낯익은 길을 굽이굽이 달렸다. 밴쿠버에 살았을 때 엄마, 아빠와 나는 일주일에 한 번씩 할아버지 댁에 왔었다. 작년 5월에는 할머니가 팔이 부러져서 입원하고, 할아버지가 병원에 함께 있어야 했다. 그러는 바람에 한동안 할아버지 댁이 비어서 가지 않았다.

택시가 길가 보도 턱에 섰다. 문을 열고 나갔더니, 비는 그쳤지만 바람이 나뭇가지를 바스락거리며 스쳐 지날 때마다 간간이 빗방울이 떨어졌다. 하나, 둘, 셋….

축축한 흙냄새와 이끼 냄새가 났다. 대문 왼쪽에 걸려 있는 '집 팝니다'라는 표지판 위에 '팔렸음'이라고 쓰인 빨간색 스티커가 사선으로 붙어 있었다. 표지판이 바람에 덜컹거렸다.

"돈!"

"어?"

"택시 요금."

내가 손가방을 건네자 메건이 20달러짜리 두 장과 10달러짜리 한 장을 꺼냈다. 모두 50달러다. 택시는 바로 떠났다.

우리는 할아버지 댁을 멍하니 바라보았다.

"불이 켜 있네. 누가 안에 있나 봐."

작은 마름모꼴 모양의 유리를 끼운 퇴창 밖으로 빛이 새어 나왔다. 나는 빨간 현관 계단을 향해 걸음을 내딛었다. 3년 전에 새로 페인트칠한 계단인데, 그때 나도 돕고 싶었지만 페인트 냄새가 너무 심해서 포기했었다.

계단을 올라갔다. 하나, 둘, 셋…. 심장이 두근대고 손바닥에 땀이 났다. 평소에 할아버지 댁에 올 때는 이렇지 않았는데 말이다.

놋쇠 문고리가 달린 황금색 떡갈나무 문으로 된 현관에는 웨스트민스터의 종소리를 내는 초인종이 달려 있었다. 초인종을 누르자 나지막하면서도 친근한 벨소리가 울렸다.

문이 열렸고, 할아버지가 문가에 서 있었다. 할아버지는 키가 180센티미터가 넘는 장신인데, 지금은 등이 굽어서 그리 키가 커 보이지 않았다.

“오, 하나님 감사합니다! 리사! 리사! 앨리스가 왔어!”

할아버지가 엄마 이름을 부르자, 심장이 목구멍으로 간 것 같았다. 아마도 콧물이 목구멍으로 넘어갔나 보다.

엄마가 복도로 달려 나왔다. 엄마의 검은색 머리카락 사이로 흰머리가 보였다. 평소에는 가지런한데 이날은 헝클어져서 머리를 안 빗은 것처럼 보였다.

“앨리스! 우리가 얼마나 걱정했는데.”

엄마 눈이 금방이라도 울 것처럼 반짝였다. 사람들은 슬플 때 운다. 그래서 엄마가 나를 봐서 슬퍼하는 건 아닌가 하는 생각이 들었다.

"아빠도 지금 제정신이 아니야."

"엄마는 거짓말 안 했네."

"뭐? 아냐, 엄마는 거짓말 안 해, 절대로."

엄마가 나를 안으려는 듯 내 앞으로 다가섰다.

나는 뒤로 물러서다 메건과 부딪쳤다.

엄마가 멈춰 섰다. 눈물이 뺨을 타고 흘러내렸다.

"네 아빠가 다 얘기해 줬어. 네가 엄마가 안 돌아온다고 생각한다면서. 어떤 멍청한 애가 너한테 그렇게 말했다고 하더구나. 하지만 아니야. 가끔 네 아빠랑 의견이 안 맞아서 그렇지, 곧 돌아갈 거야. 우린 거짓말한 적 없어. 절대로."

"돌아온다고?"

"그럼!"

"분명히 알고 싶었어."

마치 무거운 짐을 내려놓은 것처럼 다시 숨을 쉴 수 있을 것 같았다.

엄마가 손을 내밀어 우리 손가락 끝만 닿도록 했다.

"정말 다행이다. 네가 무사해서 너무 기뻐."

"계속 문간에 서서 찬바람 다 들어오게 할 셈이냐?"

말없이 지켜보던 할아버지가 입을 열었다.

"이제 들어가야죠. 애 아빠한테도 전화해야겠어요. 그리고…, 넌 누구니?"

"메건이에요. 그 멍청한 애요."

메건이 대답했다.

엄마가 살짝 당황해하면서 말했다.

"아, 내가 그렇게 말했었나? 아무튼 들어오렴. 이제 네 아빠랑 경찰한테 전화하고, 병원에 계신 할머니랑 이웃들한테도 알려야겠다. 얘기는 나중에 하자꾸나."

"경찰? 와?"

"아냐, 아냐. 안 그래도 될 것 같아. 널 찾았으니까!"

엄마는 내가 한두 마디만 해도 무슨 말인지 이해했다.

엄마는 할아버지와 우리 둘을 떡갈나무 현관 앞에 남겨 둔 채 집안으로 서둘러 들어갔다. 주위를 둘러보니 현관 앞 복도가 예전과 많이 달라져 있었다. 평소에 있던 동그란 카펫은 치워져 있었고 나무 바닥이 그대로 드러나 있었다. 벽에는 골판지 상자가 줄지어 있었다.

"물건을 많이 사셨어요?"

"이사를 갈 거란다."

"퀘벡으로요?"

"아니, 고향으로 갈 거야. 네 할머니는 이미 거기 있는 병원에 가 있단다."

"벌써 이사 갈 집을 구했네요."

"그럼!"

할아버지가 몸을 돌려 보행기에 몸을 기댄 채 상자들을 헤치고 복도를 내려갔다.

우리는 할아버지를 따라 부엌으로 들어갔다. 부엌도 많이 달라져 있었다. 괘종시계는 치워졌고 그 자리에 낯익은 주전자와 장미 무늬 벽지가 드러나 있었다. 천천히 째깍거리던 괘종시계 소리가 그리웠다. 양념 통 받침대도 없고, 천정에 매달려 있던 냄비도 보이지 않았다. 국자, 부엌칼, 요리 책, 내가 늘 개수를 세곤 했던 할머니가 수집한 은수저도 모두 사라졌다.

벽지의 장미 무늬 서른여섯 개는 그대로였다.

엄마가 부엌으로 들어왔다.

"네가 무사하단 말을 듣고 아빠가 많이 안심했어. 그리고… 메건, 앨리스를 여기 데려다줘서 정말 고맙다."

엄마는 조심스러운 듯 천천히 차분한 어조로 말했다.

메건이 쏟아내듯 빠르게 대답했다.

"어머, 말투가 왜 그러세요? 무슨 사회복지사 같아요."

"우리 엄마는 사회복지사였어."

"진작 말하지 그랬어."

메건이 팔짱을 끼자 손목에 건 체인이 찰랑거렸다.

엄마가 얼굴을 붉히며 말했다.

"저기, 메건. 네가 앨리스 아빠하고 불편한 일이 있었다는 거 알고 있어. 네가 말이 지나치긴 했더구나. 하지만 어쨌든 네가 없었다면 앨리스가 여기에 무사히 오지 못했을 거야. 밴쿠버는 여자아이 혼자 다니기에는 위험하거든. 앨리스한테는 특히 더 위험했을 거야."

"네? 잘 모르시나 보네요. 앨리스는 혼자서 프린스 조지까지 거뜬히 왔어요."

엄마가 이마를 잔뜩 찡그렸다.

"앨리스가 먼저 가고 나서 네가 뒤따라온 게 아니고?"

"그 반대예요."

엄마 이마에 또 주름이 잡혔다.

"그래, 나중에 좀 더 얘기해 주렴. 너희들, 뭐 좀 먹을래? 마실 것 좀 줄까? 오렌지 주스 있어."

마침 목도 마르고 배도 고팠다.

"네. 주세요."

메건이 말했다.

"전 아무거나 상관없어요. 어쨌든 여기 오래 있지 않을 거니까."

유리컵에 주스를 따르던 엄마가 순간 멈칫하다가 손을 휙 드는 바람에 주스가 튀었다.

"어머! 아빠랑 경찰한테는 전화했는데, 이웃들한테는 안 했네. 널 좀 찾아 달라고 부탁했었거든."

엄마가 급하게 말하고 나서 부엌을 나갔다. 슬리퍼를 신었는데도 나무 바닥을 딛는 발소리가 크게 울렸다. 그러고 보니 할아버지, 할머니가 깔아 두었던 페르시아 산 융단이 보이지 않았다.

"앨리스, 난 여기 있지 않을 거야."

메건이 유리잔 테두리를 따라 손가락으로 원을 그리자 윙윙 하고 가늘고 높은 소리가 났다.

여기 있지 않으면 어디로 간다는 말인지 궁금했다. 하지만 무슨 말을 해야 할지 마땅한 말을 찾을 수가 없었다. 메건은 유리잔 테두리를 따라 원을 그리는 자기 손가락을 관찰하듯 바라보았다.

나는 높게 윙윙거리는 소리가 싫어서 손가락으로 내 귀를 막았다. 메건이 손동작을 멈추며 말했다.

"아, 미안."

"여기 있지 않을 거면 키티마트로 돌아갈 거야?"

잠시 뒤 내가 묻자, 메건이 어깨를 으쓱했다.

"글쎄, 나도 몰라."

나는 멍하니 벽지를 바라보았다. 멀리서 엄마가 전화하는 소리가 들렸다. 엄마 목소리가 폭 120센티미터 길이 365센티미터인 텅 빈 복도에서 울렸다.

"나한테 왜 그렇게 신경 써?"

메건이 물었다.

"왜 나랑 친구가 되고 싶은데?"

"칭찬스티커."

"어?"

"너는 칭찬스티커 때문에 나랑 놀아 주고 그러지 않잖아."

"아, 그랬지. 차라리 네가 그런 애들이랑 어울리는 게 더 나았을 텐데. 그런 애들은 선생님 말은 잘 들었을 테니까. 너한테 엄마가 오지 않을 거란 소리도 안 했을 테고, 나처럼 멍청한 짓을 하지도 않았을 거야."

나는 벽지 위에 그려진 장미꽃 서른여섯 송이를 바라보았다.

"그리고 너는 냄새가 안 나."

메건이 웃었다.

"내가 냄새가 안 난다고?"

"그래서 버스에서 네 옆에 앉는 게 좋아."

"너는 내 하나뿐인 친구야. 그런데 나를 좋아하는 이유가 겨우 냄새가 안 나서라고? 무슨 이유가 그래?"

메건이 웃기 시작했다. 그러더니 울기 시작했다.

웃는 건 행복하다는 뜻이다. 우는 건 슬프다는 뜻이다. 이 두 가지를 한꺼번에 생각하려니 머리가 아팠다.

그리고 마음이 아팠다. 가슴 언저리가 꽉 쥐어짜는 듯 아팠는데 이런 느낌은 처음이었다.

메건은 돌아서더니 배낭을 들어 어깨에 둘러멨다.

"그럼, 난 갈게."

"어디 가려고?"

"그냥 내버려 둬."

내가 싫어하는 표현이다. 뭘 내버려 두라는 말인지, 어디로 가겠다는 말인지 모르겠다.

"뭘 내버려 둬? 어디에?"

메건이 나를 빤히 쳐다보았다. 눈이 반짝이고 얼굴이 불그스름했다.

"집은 아니야. 그건 확실해. 혹시라도 우리 새 아빠를 만나게 되거든 전해 줘. 난 집에 안 간다고."

나는 메건의 새 아빠를 모른다. 만난 적이 없을 뿐 아니라 낯선 사람과 이야기하면 안 된다.

"그거…, 편지로 써도 되지?"

내 주소를 알리지 않는다면 낯선 사람이라도 편지는 쓸 수 있을 것 같았다.

메건은 헝클어진 머리카락을 쓸어 올리며 웃었다.

"있잖아, 내가 왜 널 좋아하는지 알아? 너는 거짓말을 하지 않아. 지킬 수 없는 약속은 하지 않아. 가망 없는 일을 괜찮아질 거라고 말하지도 않아. 하지도 않을 일을 하겠다고 말하지도 않고, 그 남자와 헤어지지도 않을 거면서 헤어질 거라는 개소리도 하지 않아."

'개소리'는 나쁜 말이다. 게다가 메건이 하는 말은 대부분 알아들을 수가 없었다. 나는 귀를 막았다.

엄마가 돌아왔다. 메건이 몸을 꼿꼿이 세우자 부엌이 작아서인지 키가 더 커 보였다. 엄마가 메건 앞으로 다가서는 게 보였다. 메건은 뒤로 물러서더니 텅 빈 주방을 힐끗 쳐다보았다.

"가면 안 돼!"

엄마가 큰 소리로 말해서 내 손에 울림이 느껴졌다.

"내가 전화해야겠다. 너희 가족들이 무척 걱정하고 있을 거야."

엄마가 천천히 메건의 가죽 재킷 소매를 잡았다.

메건은 휙 뿌리쳤다. 그 바람에 메건의 배낭이 주방 조리대에 탁 부딪쳤다.

“이거 놔요!”

메건이 몸을 뒤로 홱 빼며 주먹을 불끈 쥐었다.

“메건, 내가 도와줄게.”

“어른들은 지금껏 아무도 날 도와주지 않았어요.”

“나, 나는 노력할게.”

“당신 도움 필요 없어요. 아무도 필요 없어. 제발 나 좀 내버려 둬요.”

메건이 엄마를 밀치고 나갔다. 복도에서 쿵쿵 부츠 소리가 울렸고 현관문이 열렸다가 쾅 닫히는 소리가 났다. 그 소리가 텅 빈 집 안에서 아주 크게 울렸다.

1 2 3 4 5 6 7 8 9 10 11 12 **13**

열셋

나는 비옷을 집어 들고 엄마 앞으로 지나갔다.

"앨리스! 너 뭐 하는 거야? 어디 가려고?"

엄마 목소리 끝이 갈라졌다.

"메건한테."

"앨리스, 앉아! 당장!"

"친구끼리는 돕는 거야."

"메건은 알아서 잘할 거야. 그런 애들은 자기 앞가림을 잘하거든. 걘 세잖아. 네가 도와주지 않아도 돼."

"엄마가 밴쿠버는 여자아이 혼자 다니면 위험하댔어."

"경찰을 부를게. 경찰이 알아서 해 줄 거야. 넌 안 돼."

"친구끼리는 돕는 거야!"

"너 혼자 가면 안 된다니까!"

"메건을 찾으면 나는 혼자가 아니야."

"너, 우리가 네 걱정을 얼마나 했는지 아니?"

나는 고개를 저었다. 다른 사람이 어떤 경험을 했는지 아는 건 어려우니까 그때 할아버지가 부엌으로 들어와 보행기에 기대 구부정하게 선 채 말했다.

"보내 줘라."

엄마가 몸을 홱 돌렸다.

"뭐라고요? 아버지, 제정신이에요? 절대로 안 돼요. 앨리스 혼자 밴쿠버를 돌아다니게 할 순 없어요!"

"여긴 주택가잖니. 슬럼가가 아니야. 앨리스는 어릴 때부터 이 동네를 많이 다녀 봐서 괜찮아."

"하지만…."

"오히려 다른 애들보다 더 안전할 게다. 너도 알다시피, 앨리스는 낯선 사람하고 말을 하지 안 하잖니."

"나는 낯선 사람하고 말 안 해. 규칙이니까."

할아버지가 엄마를 쳐다보며 눈썹을 치켜 올리자 엄마는 입을 벌린 채 미간을 찡그렸다.

"하지만 쓰레기 냄새가 날지도 모르고, 너무 시끄러울지도 몰라요. 그것 말고도 다른 일이 생길지도 모르고요. 앨리스는 누가 돌봐줘야 하는 애예요."

할아버지는 어깨를 으쓱해 보였다.

"글쎄다. 이번에는 앨리스가 누군가를 돌볼 차례인 것 같구나."

"하지만 앨리스는 못해요."

엄마는 우리를 번갈아 쳐다보다가 입술을 깨물었다.

"누군가를 돕는 건 기분 좋은 일이야."

"그건 나도 알아요. 하지만 그 아이는, 메건은 문제가 있어 보여요. 그러니까… 걔한테는 앨리스 말고 더 큰 도움을 줄 수 있는 사람이 필요해요."

"그럴지도 모르지. 하지만 그 아이가 필요로 하는 것과 받아들이는 것은 별개의 문제 같구나."

엄마의 시선이 흔들리고 있었다.

"누군가를 돕고, 누군가에게 필요한 사람이 되는 건 아주 기분 좋은 일이야.”

한동안 침묵이 흘렀다. 시계를 걸어 두었던 자리에 누렇게 바랜 장미와 주전자 무늬 벽지만 남아 있어서 시계 소리조차 들리지 않았다.

나는 비옷을 입었다.

결국 엄마도 할 수 없다는 듯 어깨를 으쓱했다.

“한 시간 안에 돌아와. 이 동네는 벗어나지 말고, 41번가 안에서만 돌아다녀. 그리고 절대로 혼자 버스 타면 안 돼. 알았지?”

나는 집에서 가장 가까운 그랜빌 가 41번 버스 정류장으로 향했다. 예전에 할머니와 함께 그 정류장에서 할아버지를 기다렸다가 만나곤 했었다.

나는 발걸음 수를 셌다.

발걸음을 예순일곱 개 세고 나니 메건이 보였다. 키가 크고 까만 그림자가 초록 잔디와 덤불 위에 길게 드리워져 있었다.

내가 오는 소리를 들었는지 메건이 돌아봤다.

"앨리스? 나 좀 그냥 내버려 둘 수 없어?"

"어디 갈 거야?"

메건은 어깨만 으쓱했다.

"키티마트?"

"아니. 거긴 안 가!"

메건 입에서 큰 소리가 터져 나왔다.

"그러면 너, 가출하는 거야?"

"아마 그럴지도."

나는 예전에 봤던 가출 청소년에 대한 글을 읊었다.

"대부분의 가출 청소년들은 집에 돌아오는데 이틀이 걸리지만, 그 이후에도 돌아오지 않는 아이들은 절도, 구걸, 매춘, 덤프스터 다이빙(쓰레기통을 뒤져서 음식을 구하는 행동) 등에 연루된다."

"참나, 너 백과사전을 삼켰니?"

"아니."

백과사전을 삼키는 건 정말 힘들 것이다. 백과사전은

아주 두꺼운 책이니까.

사실 가출 청소년에 대한 글은 맥클린 잡지에서 읽었다. 아빠가 집에 가져와 화장실에 둔 잡지였다. 아빠는 화장실에서 책 읽는 걸 좋아한다.

"저기, 앨리스. 네 뜻은 잘 알겠어. 하지만 나 좀 혼자 있게 해 줘. 네가 내 친구가 되고 싶다면 나 좀 내버려 두라고! 진짜, 우주로 확 날아가 버리고 싶다!"

메건이 이렇게 외치고 뒤돌아서더니 차들이 빠르게 질주하는 언덕 쪽으로 향했다.

우주 무한한 시간과 만물을 포함하고 있는 끝없는 공간의 총체

'우주(space)'는 사전에서 '광물화하다(mineralize)' 뒤에 나오는 단어지만, 예전에 과학 숙제를 하느라 찾아본 적이 있어서 뜻을 알고 있었다.

버스 오는 소리가 들렸다. 밴쿠버의 트롤리버스다. 버스 지붕 위에 부착된 막대를 공중에 있는 전선과 연결하

여 길을 다닌다. 전기로 움직이기 때문에 디젤 엔진 냄새나 배기가스 냄새가 나지 않고, 소음도 크지 않다. 공중에 나란히 뻗은 두 개의 전선줄을 따라 차에 부착된 막대가 이동할 때마다 탁탁 소리를 낸다.

메건이 버스 정류장 쪽으로 걸어가는 모습을 바라보다가 문득 엄마가 버스를 타지 말라고 말했던 게 떠올랐다.

"메건, 버스 타지 마!"

"탈 거야."

어떻게 메건을 말릴 수 있을지 고민하다가 엄마가 그냥 타지 말라고 한 게 아니라 혼자서 타지 말라고 했다는 게 생각났다.

"기다려, 그럼 나도 탈래."

버스가 끼익 브레이크 소리를 내며 서더니 문이 열렸다. 버스 기사가 밖을 내다보았다.

메건은 나를 향해 돌아서서 소리 쳤다.

"오지 마! 너랑 같이 가기 싫어."

"하지만 엄마가 혼자서 버스 타지 말라고 했어."

메건이 욕을 했다.

"그건 너한테 한 얘기지, 나한테 한 게 아니야."

메건은 버스 계단 위로 한 발을 올려놓더니 그대로 버스에 올랐다.

욕하는 건 규칙 위반이다. 친구끼리는 돕는 거다.

나는 땅을 바라보며 손가락으로 구슬을 매만졌다.

메건이 창을 통해 나를 보더니 또 욕을 뱉었다.

"아, 좀! 나 좀 그냥 내버려 두라니까!"

내 몸이 흔들리기 시작했다.

"알았어, 알았어! 됐어, 그만해."

버스 안에서 메건이 돌아서더니 비틀거리며 내렸다.

"너희들 안 탈 거니?"

버스 기사가 소리쳤다.

"네, 안 타요!"

메건이 소리치고 뒤로 물러섰다.

"좋을 대로 해라."

문이 닫히고 버스가 떠났다.

우리는 서로 마주보고 섰다. 메건은 주먹 쥔 손을 허리춤에 올리고 있었다.

"한 달 전까지만 해도 너는 '방과 후 임시 버스' 표지판이 없으면 버스에 타지도 못했어. 그런데 이젠 나를 따라 버스 타고 밴쿠버를 누비겠다고?"

메건은 화가 난 것 같았다. 스포츠 경기를 보거나 응급 상황이 아닌데도 소리를 질렀다. 얼굴도 빨개졌다.

나는 내 운동화를 내려다보며 말했다.

"너는 가면 안 돼."

"난 하고 싶은 대로 할 거야."

"엄마가 너 혼자 다니면 위험하다고 하셨어."

"너희 엄마는…."

메건은 말을 끝마치지 못했다.

"우리 엄마는 거짓말 안 해."

메건이 주먹을 불끈 쥐었다.

"대단하네! 너희 엄마도 타고난 별종이구나. 거짓말 안 하는 어른이라니. 아마 이 지구상에서 유일할걸. 그래봐야 나한테는 아무런 도움도 안 되겠지만!!"

나는 길가에 주저앉아 운동화만 내려다보았다. 손가락으로는 돌멩이들을 계속 만지작거렸다.

"다음 버스는 제발 타게 해 줘. 그리고 너는 너희 엄마한테 가서 행복한 가족 놀이나 해."

하나, 둘, 셋, 넷….

"어쨌든 너는 나랑 떨어지는 게 나아. 아, 네가 왜 이렇게 나한테 신경 쓰는지 모르겠다."

"너는 칭찬스티커를 받지 않아."

"그래, 그래. 나도 알아. 네가 말했지. 게다가 나는 냄새도 안 난다고 말이야. 하지만 세상에는 칭찬스티커 없이도 너랑 놀아 주는 사람은 많아. 냄새 안 나는 사람도 많고."

"누구?"

"나도 모르지!"

메건이 길가 잔디밭으로 벌러덩 눕더니 하늘을 쳐다보며 말했다.

"그런 사람도 있겠지, 어딘가에는…."

우리는 아무 말도 하지 않았다. 잠시 뒤 메건이 일어나 앉더니 풀을 뽑았다. 색종이 조각을 뿌리듯 풀을 부츠 위로 뿌려댔다.

"나 좀 이해해 줘. 난 키티마트로 돌아가기 싫어."

"버스 여행하려고?"

"아니, 엄마랑 새 아빠랑 같이 살기 싫어서."

왜 그런지 궁금했지만 묻지 않았다. 나도 누가 나한테 질문하는 게 싫으니까.

메건이 풀을 잡아당겨 뿌리째 뽑았다. 뿌리에 달라 붙어 있던 흙이 메건의 부츠 위로 후드득 떨어졌다.

"새 아빠는 언제 터질지 모르는 폭탄이야. 그리고… 아주 비열해."

폭탄은 전쟁 무기인데, 새 아빠가 폭탄이라니 도통 무슨 말인지 알 수가 없었다. 메건이 어리둥절해하는 내 표정을 보더니 버럭 목소리를 높였다.

"무슨 말인지 몰라? 그걸 꼭 내 입으로 말해야 알아듣겠어? 그놈이 날 때린다고!"

메건이 풀을 한 움큼 풀을 뜯어 허공에 던졌다.

때리다 손이나 도구, 무기로 사람 또는 사물을 세게 치다.

메건이 왜 집에 가기 싫어 하는지 알 것 같았다.

"그건 잘못된 거야."

메건이 픽 웃었다.

"학교에서도 누구에게 손대면 안 된다고 가르쳐. 교장 선생님도 나보고 그렇게 말했어."

"그래서, 뭐? 새 아빠보고 다시 학교 다니라고?"

메건이 또 웃었다.

"다른 어른한테 알리거나 경찰에 신고해야 해."

나는 맥너티 경관을 떠올렸다. 맥너티 경관은 예전 학교에 오곤 했던 경찰인데, 누가 자기를 해치면 꼭 어른한테 얘기해야 한다고 말했었다.

"내가 맥너티 경관한테 전화해 줄 수 있어."

"그건 안 돼!"

메건이 소리치더니 갑자기 내 쪽으로 몸을 돌렸다.

"안 돼! 그러지 마. 절대로 끼어들지 마. 됐어, 넌 충분히 했어. 네가 끼어들면 상황만 더 나빠질 거야. 난 그냥 내가 왜 집에 돌아갈 수 없는지 너한테 설명한 것뿐이야. 그러니까 이제 나 좀 그만 따라다녀."

"하지만 그 사람이 잘못한 거야. 벌을 받아야 해."

메건이 어깨를 으쓱하며 말했다.

"나도 네가 사는 세상에서 살고 싶다."

"너도 나랑 같은 세상에서 살고 있어."

"하아, 그렇지도 않아."

그 말이 무슨 뜻인지 궁금했다. 우주 비행사처럼 몇몇 사람들만 우리가 사는 세상 밖에서 사니까.

"넌 우주 비행사가 아니야."

"아니, 아니, 그게 아니라 내 말은, 네가 사는 세상에서는 모든 게 까맣거나 하얗다고."

이건 틀린 말이다. 아스퍼거 증후군은 색맹이 아니다.

"나도 다른 사람처럼 색깔을 볼 수 있어."

"그게 아니고! 아휴, 참! 아무튼 그렇다고."

문득 아빠가 메건한테 문제가 있다고 말했던 게 떠올랐다.

"그래, 그게 너의 문제야. 새 아빠는 널 때리는 거. 그게 문제였어."

"그래, 내 말이."

"그러니까 너는 눈과 손의 협응 능력이 나쁜 게 아니었어. 그 멍들도…?"

"그래, 그놈 짓이야. 이제 이해했구나. 그럼 내가 버스 타게 해 줄 거지?"

"때리는 건 규칙 위반이야. 경찰한테 말해야 해."

메건이 벨트에 달린 체인을 찰랑거리며 일어섰다. 나도 따라 일어섰다. 메건이 머리를 쓸어 올렸다.

"네 말대로 내가 맥너티 경관한테 이 얘기를 하면 어떻게 되는지 알아?"

나는 고개를 저었다.

"나는 위탁 가정으로 보내질 거야."

"그게 나빠?"

"정말 몰라? 그래, 나빠! 게다가 새 아빠가 나한테 복수할 거야. 우리 엄마한테도 분풀이를 할 거고."

나는 듣기만 했다. 분풀이의 말뜻을 알 수 없었다.

"앨리스."

한참 뒤에 메건이 말을 걸었다. 목소리가 너무 작아서 나는 잘 들으려고 몸을 메건 쪽으로 기울였다.

"나, 못 가. 무서워."

"수를 세어 봐. 나는 무서울 때 수를 세."

"그럼 나는 평생토록 수만 세고 살아야 할 거야. 끝이 없어. 버스는 빙빙 돌아도 종점이 있잖아. 하지만 이건 끝도 없고 점점 나빠지기만 해."

"우리 엄마가 도망치는 건 문제를 해결하는 게 아니라고 했어."

"바보 같은 소리 하네! 네가 뭘 알아? 너희 엄마가 하는 말이나 너의 그 바보 같은 규칙 타령은 진짜 세상에서는 아무 짝에도 쓸모없어."

무슨 말을 해야 할지 몰랐다. 하와이 해변에서 발밑으로 모래가 사라지는 기분이었다.

유치원에 다닐 때 어떤 남자아이가 토마스 기차로 나를 때렸던 일이 생각났다. 선생님은 남자아이에게서 토마스 기차를 빼앗았다. 때리는 건 규칙 위반이니까. 그러고 나서 그 남자아이는 플라스틱 공룡으로 또 나를 때렸다. 선생님은 공룡 인형도 빼앗았다. 때리는 건 규칙 위반이니까.

내가 다시 말했다.

"때리는 건 규칙 위반이야."

"그래서? 그게 다야?"

"응."

★

"가자."

메건이 찰랑거리는 소리를 내며 일어섰다.

너무 오랫동안 풀밭에 앉아 있어서 다리가 저리고 바지 엉덩이가 축축해졌다.

"어디로 가?"

"너의 집으로 가야 하지 않겠어?"

"그건 할아버지 집이야. 그리고 이제 팔렸어."

그러고 나서 내가 물었다.

"그런데 너 가출은 안 할 거야?"

메건이 고개를 끄덕이며 말했다.

"오늘은 안 해."

우리는 천천히 내리막길을 걸어 할아버지 댁으로 향했다. 나는 우리의 발걸음 수를 세었다. 우리가 집에 도착했을 때 엄마는 주방에서 음식을 만들고 있었다. 냄비 위로 수증기가 피어오르며 뭔가 보글보글 끓고 있었다.

"정말 다행이다!"

우리가 들어서는 걸 보고 엄마가 말했다.

"거 봐라. 앨리스 혼자서도 할 수 있잖니."

식탁이 있던 자리에서 할아버지가 보행기에 기댄 채 서서 말했다.

"너희들한테 수프를 끓여 주려고 이삿짐 상자에서 냄비랑 그릇 두 개를 꺼내 왔어."

내가 말했다.

"이제는 그릇이 네 개 필요해."

부엌은 닭고기 수프 냄새로 가득했다. 좋은 냄새다.

"아뇨, 전 안 먹어도 돼요."

메건이 사양했지만 엄마는 아무 말 없이 수프를 그릇에 담아 메건 앞에 놓았다. 식탁이 없어서 우리는 조리대에 의자를 놓고 앉았다.

"네가 돌아와서 기쁘구나."

엄마가 메건에게 말했다. 메건이 으쓱 하자 체인이 찰랑거렸다.

"그런데 왜 그렇게 저한테 신경을 쓰세요?"

메건은 숟가락을 들지 않고 손가락 끝으로 식탁 위에 놓인 숟가락 테두리를 만지작거리기만 했다. 메건 앞에 놓인 수프 그릇에서 김이 모락모락 올라왔다.

엄마가 머뭇거렸다.

"왜냐하면…, 왜냐하면 네가 오지 않았으면 앨리스도 집에 오지 않았을 테니까."

메건의 입꼬리가 올라갔다.

"그건 맞는 말씀 같네요."

다음날, 이삿짐 트럭이 왔다. 메건과 나는 전날 엄마가 짐 상자에서 꺼내 준 침낭에서 잤다. 아침에는 침낭을 말아 개어서 다시 상자에 넣었다. 그릇과 냄비도 씻어서 이삿짐 상자에 다시 넣었다.

엄마는 할아버지랑 할머니가 짐을 풀고 정리할 때까지 호텔에서 며칠 있다 집에 가도 된다고 말했다. 메건도 같이 있어도 좋다고 했다.

호텔에서 자는 건 좋아하지 않지만, 다시 버스를 타고 싶지는 않았다. 게다가 엄마가 비싸지만 스위트룸에서 지내게 해 준다고 말했다. 혼자 쓸 수 있는 방이 있고, 금연이라 담배 냄새도 나지 않으며, 주방이나 수영장과도 멀리 떨어져 있다고 말해 주었다.

메건은 아무 말도 하지 않았다. 나하고 같이 있겠다는 말은 하지 않았지만, 그렇게 하지 않겠다는 말도 하지 않았다. 나도 질문이 싫어서 묻지 않았다.

오전 내내 나와 메건은 조용히 창가에 서서 단풍나무를 바라보다가 아저씨들이 이삿짐을 옮기는 모습을 지켜보았다. 트럭에는 짐이 아주 많이 실렸다. 이 오래된 집 안에 꽉 차 있던 짐들이 모두 다 차에 실렸으니 그럴 만도 했다.

봄 햇살이 마름모꼴 창문을 통해 들어왔다. 따뜻한 기

운을 느끼며 창가에 서서 트럭에 실리는 이삿짐 상자를 세는 것도 나쁘지 않았다.

마침내 메건이 말을 꺼냈다.

"너는 참 용감한 것 같아."

나는 눈만 깜빡였다. 용감하다는 말은 위험이나 고통, 어려움을 기꺼이 마주한다는 뜻이다. 겁내지 않고 용기 내는 것을 말한다.

"나는 유치원 때 매일 비명을 질렀어."

내가 말하자 메건도 한 마디 했다.

"사람들은 나보고 세다고 하는데, 사실은 그렇지 않아."

"하지만 넌…."

나는 메건이 키가 얼마나 큰지 떠올렸다. 성큼성큼 걸을 때 아이들이 옆으로 물러나는 모습이라든가 버스와 회전목마를 탈 때 나를 도와주었던 일이 생각났다.

메건이 빠르게 말을 이었다.

"아니, 네가 나보다 훨씬 용감해. 내가 아는 사람 중에서 네가 제일이야. 너는 영웅 같아."

'영웅(hero)'은 '광물화하다(mineralize)' 앞에 나오는 단어여서 뜻을 잘 안다. 위대한 일을 해서 사람들로부터 사랑받는 사람이라는 뜻이다.

"난 위대한 일을 한 적이 없어."

"네가 지금까지 보여 준 모습 전부가 위대한 일이야. 너는 겁이 날 때도 늘 뭔가를 해내잖아."

"수를 세면 도움이 돼."

메건이 미소 짓더니 손가락을 펼쳤다. 우리는 손가락끼리 맞닿게 했다.

"나도 너처럼 되기로 결심했어."

"너는 아스퍼거 증후군이 될 수 없어."

아스퍼거 증후군은 감기나 독감, 수두처럼 바이러스를 통해 사람들이 걸리는 병이 아니다.

"내 말은, 나도 겁이 나고 무서워도 하겠다는 거야."

"뭘 할 거야?"

"사회복지사한테 새 아빠 이야기를 할 거야."

메건이 큰 소리로 말했다. 텅 빈 집 안이 울렸다. 마치 메건이 교실 앞이나 무대 위에서 발표를 하는 것 같았다.

"우리 엄마가 사회복지사야. 우리 엄마한테 말해도 될

거야. 그런데 무슨 이야기를 할 거야?"

"새 아빠가 나랑 우리 엄마를 때리는 거."

"때리는 건 규칙 위반이야."

"맞아. 이렇게 간단한 거였어. 그치?"

메건은 웃고 나서 손가락을 펴 보였다. 우리는 손가락을 또 맞대었다.

"영웅?"

신기했다. 내가 영웅이 될 수 있다는 생각은 한 번도 해 본 적이 없었다. 내가 누군가의 친구가 될 수 있다는 생각을 한 번도 해 보지 않았던 것처럼.

웃음이 나왔다. 몸 안에서 뭔가 톡톡 일어나 차오르는 기분이었다. 회전목마를 타고 돌 때 가슴이 따뜻해지고 팔랑거렸던 느낌이 떠올랐다.

"그런데 영웅도 유형, 외모, 성취, 기능, 발달 등이 평균인 사람이야?"

"어?"

"영웅도 유형, 외모, 성취, 기능, 발달 등이 평균인 사람이냐고."

"영웅은 평균이 아니야. 그래서 특별한 거야."

메건이 나를 쳐다보았다.

"너, 괜찮아?"

질문은 싫지만 나는 대답했다.

" 응, 괜찮아. 정말로."

에필로그

엄마는 샌드위치 되기를 그만두고 나랑 메건과 함께 비행기를 타고 집으로 돌아왔다. 2주 뒤에 엄마는 다시 할아버지와 할머니가 잘 지내는지 살펴보러 밴쿠버로 갔고 새 집 정리를 도와드렸다. 그런 다음 다시 키티마트로 돌아와서 우리와 함께 지냈다.

메건은 아동가족부에 새 아빠가 때린 일을 알렸다. 위탁 가정에는 보내지지 않았다. 메건이 우리와 함께 지내도록 엄마가 일을 처리해 준 덕분이었다. 당장은 일을 쉬고 있지만 그래도 사회복지사니까.

엄마와 아빠는 내가 아스퍼거 증후군이라는 사실을 학교에 알릴지 말지를 두고 실랑이를 벌였다. 엄마는 선생님들이 알면 더 좋을 거라고 하면서 예전 학교에 연락해서 왜 내 학생 기록부가 도착하지 않았는지 알아보고, 다시 보내달라고 말하겠다고 했다.

또 교장 선생님과 다른 선생님들이 내 아스퍼거 증후군에 대해서 알면 내 입장을 수용해 주어 내가 방과 후에 남아서 벌을 받는 일이 없을 거라고도 했다.

'수용'은 정해진 장소나 시설에 사람을 모아 넣는다는 뜻이 아니라, 선생님들이 내 입장을 잘 받아들인다는 뜻이다. 그러면 탈의실에서 옷을 갈아입지 않아도 되고, 양파가 들어간 요리 실습 시간에 빠져도 된다.

아빠는 방과 후에 남는 벌이 아무 문제가 아니었다고 말했다. 어찌 보면 나한테 도움이 됐다며 학생 기록부가 누락된 것은 행운이니까 그냥 놔두자고 말했다.

나는 엄마, 아빠에게 그만 싸우라고 말했다.

"내가 정할 거야. 나는 영웅이니까, 선생님한테 말할지 말지도 정할 수 있어."

엄마, 아빠는 서로 얼굴을 마주 보았다. 아빠가 입을 열었다.

"그래, 네 말이 맞는 것 같구나."

"하지만…."

엄마는 이맛살을 찌푸렸다.

"나는 영웅도 되고, 친구도 됐어. 그리고 이건 내 일이야. 그러니까 내가 정해야 해."

엄마의 입꼬리가 올라갔다.

"우리 딸, 많이 자랐구나."

"나는 키가 163센티미터야."

엄마의 입꼬리가 하늘 높이 올라갔다.

"좋아, 네가 결정할 일이야. 네가 정하렴."

나는 내 방으로 가서 오르골 상자를 열고 태엽을 감았다. 그리고 발레리나가 춤추는 모습을 45분 동안 지켜보고 나서 마음을 정했다.

교장 선생님과 담임선생님에게 내 아스퍼거 증후군에 대해 말하기로 결심했다. 예전 학교에 전화해서 내 학생기록부를 찾아 달라고 말해야겠다. 그러면 체육 시간에 탈의실에 가지 않거나 요리 실습에 빠져도 선생님들이 화내지 않고 나를 잘 이해해 줄 것이다.

그래, 내가 아스퍼거 증후군이란 사실을 알리자.

그리고 내가 아스퍼거 증후군이 있어도 친구도 되고 영웅도 되었다는 이야기도 해야겠다.

또 나는 유형, 외모, 성취, 기능, 발달 등이 평균이 아니라고도 알려 줘야겠다.

그러나 평균이 된다는 것이 지나치게 과대평가되었다는 점도 알려 줘야겠다.

내가 평균이든 아니든 나는 괜찮다.

진짜로, 완전히. 정말로 괜찮다.

Everyday hero (에브리데이 히어로)

글쓴이 캐슬린 체리 **옮긴이** 윤경선
펴낸이 곽미순 **책임편집** 윤도경 **디자인** 이순영
펴낸곳 ㈜도서출판 한울림 **기획** 이미혜 **편집** 윤도경 윤소라 이은파 박미화 김주연
디자인 김민서 이순영 **마케팅** 공태훈 윤재영 **경영지원** 김영석

등록 2008년 2월 13일(제2008-000016호)
주소 서울특별시 영등포구 당산로54길 11 래미안당산1차아파트 상가
대표전화 02-2635-1400 **팩스** 02-2635-1415
홈페이지 www.inbumo.com **블로그** blog.naver.com/hanulimkids
페이스북 www.facebook.com/hanulim
인스타그램 www.instagram.com/hanulimkids

첫판 1쇄 펴낸날 2020년 11월 16일
ISBN 978-89-93143-93-5 (43840)

* 한울림스페셜은 ㈜도서출판 한울림의 장애 관련 도서 브랜드입니다.
* 잘못된 책은 바꾸어 드립니다.